Mari Trevisan

Ilustrações por Anna V. Motta

Contos de um País Esquecido

Preparo de originais: Samanta Paleari
Revisão: Gabriel Branco
Diagramação: Samanta Paleari
Ilustração: Anna V. Motta
Capa: Samanta Paleari

Catalogação na publicação
Elaborada por Bibliotecária Janaina Ramos – CRB-8/9166

T814c

Trevisan, Mari

Contos de um país esquecido: Naveera, solo enevoado / Mari Trevisan. – Rio de Janeiro: Ases da Literatura, 2022.

N p. 122; 14 X 21 cm

ISBN 978-65-54280-50-1

1. Ficção. 2. Literatura brasileira. I. Trevisan, Mari. II. Título.

CDD 869.93

Índice para catálogo sistemático

I. Ficção : Literatura brasileira

www.asesdaliteratura.pt

Mari Trevisan

Ilustrações por Anna V. Motta

Contos de um País Esquecido

NOVOS ASES

Disseram que o que você vai ler nas páginas seguintes aconteceu depois que eu falei sobre tais eventos, mas eu não entendo aqueles que assim o dizem. Não sabem eles que tudo é inquebrantável e impermanente? Como poderiam esperar que tudo continuasse igual? A antiga sabedoria diz que não é possível entrar no mesmo rio duas vezes, e não parecem entender isso. O tempo de que tanto falam não é real, mas não estão prontos para compreender.

Escrevo estas linhas sem saber a quem me dirijo. Eu só posso lhe desejar boa fortuna. Você não me conhecerá por um nome, pois nenhum nome me foi dado, mas saberá tudo o que vi. Se ao final você for acometido, acometida pelas mesmas sensações que tive, queime esta carta e procure o local onde o sol e a lua se encontram.

Sumário

A voz da Montanha

∞

I.

As montanhas de outono

As noites de céu estrelado eram muito comuns nas montanhas de Naveera. Qualquer pessoa que passasse por ali após o pôr do sol entenderia o porquê Maya gostava de se deitar na relva e contemplar as estrelas. Esse era um hábito que ela e sua irmã mais velha, Sanaa, tinham conservado desde pequenas, embora não fosse um costume de seu povo.

Os Tólsotíl eram um dos únicos povos que habitavam as montanhas daquela região. Não porque fosse perigoso ou muito isolado — na verdade, era comum a presença de viajantes nas diversas trilhas que conectavam os diversos picos e vilarejos pelo caminho — mas sim porque os diversos povos naveerianos entendiam que aquelas terras deviam ser cuidadas e protegidas por seus habitantes originais. Havia algo de diferente, talvez mágico, no próprio ar que somente os Tólsotíl e seus povos-irmãos conseguiam compreender.

O povo de Maya vivia em harmonia com a natureza, dela retirando tudo que precisavam e devolvendo a ela tudo o que podiam, em uma espécie de ciclo natural. Desse modo, dedicavam-se a diversas atividades que lhes traziam sustento, como a caça, a pesca, a colheita de frutas e o pastoreio. Sanaa costumava fazer as tarefas de caça ou pesca junto com vários outros homens e mulheres, sendo reconhecida por suas habilidades com a funda — ela conseguia acertar qualquer animal que mirasse em segundos.

Maya ainda não tinha uma função definida no vilarejo, de maneira que passava os dias ajudando sua irmã em suas tarefas e quem mais precisasse de um par extra de mãos. Ela costumava sair em longas caminhadas ao final de cada tarde para colocar seus pensamentos em ordem e depois ver as estrelas. Já fazia algum tempo que Sanaa não podia acompanhá-la, pois suas tarefas a mantinham ocupada até esse horário, assim como os outros adultos.

As montanhas onde os Tólsotíl viviam tinham as cores permanentes do outono, com tons de vermelho e laranja nas folhas das árvores. Era uma região vasta, de terreno acidentado e cheia de rios caudalosos, habitada quase em sua totalidade por pequenos animais que conviviam com as pessoas dos vilarejos. Talvez as montanhas parecessem traiçoeiras para os precipitados, mas eram todo o mundo de Maya. Embora as estações passassem por aquelas terras, as folhas mantinham as mesmas cores conforme a vegetação se renovava a cada ano.

As montanhas de Naveera, no entanto, como todas as montanhas em nosso mundo e em outros tantos, também tinham sua cota de mistérios não resolvidos e lendas antigas. Um desses mitos, que nossa história conta, é a Lenda do Puma Errante. Há mais de oitenta anos, contava-se que todas as noites um puma espectral aparecia em alguma parte vazia das montanhas e atacava tanto viajantes experientes como desavisados que estivessem desbravando aquelas terras. Não se sabia qual era seu destino, uma vez que nenhuma das vítimas havia retornado. Poucos haviam desaparecido, porém, as pessoas evitavam sair para caminhar à noite. Dizia-se também que o único modo de se defender do puma era jogar um tronco grande e bifurcado no chão entre si mesmo e entre o espectro — isso faria com que ele perdesse suas forças, desvanecendo no ar.

Fazia pouco tempo que as irmãs tinham retornado de um jantar de comemoração aos ancestrais com o resto da vila. Com a aproximação do solstício de verão, as preparações para o festival da colheita já estavam em curso. Assim que chegaram em sua tenda, Maya correu para o que seria seu quarto e começou a colocar uns poucos pertences em sua pequena bolsa de couro. Fazia dias que vinha pensando naquilo; não era justo viver com medo de um fantasma que ninguém nem mesmo tinha certeza de que existia. Se os membros do Conselho da vila eram covardes demais para lidar com aquele suposto problema — mesmo ela já tendo falado do assunto diversas vezes nas reuniões — ela mesma iria assumir aquela responsabilidade.

— Você está saindo de novo? — questionou Sanaa ao ver Maya colocando alguns suprimentos numa pequena bolsa de couro. — Já temos tudo que precisamos para essa semana. Não precisa sair a essa hora.

Maya pôs a bolsa no ombro e se virou para a irmã, reprimindo um suspiro.

— Não, Sanaa. Estou indo caminhar. Lembra-se? Como costumávamos fazer após o jantar. — Ela viu a expressão da irmã mudar de calma para ansiosa em um milésimo de segundo.

— Você sabe que não deve ir! Estas terras não são as mesmas de quando éramos crianças... É perigoso lá fora, e está tudo ainda pior com o fantasma vagando por aí! Você não ouviu falar das pessoas desaparecidas? — Sanaa se pôs na frente de Maya, impedindo sua passagem.

Maya andou de um lado para o outro com

a bolsa ainda pendendo em seu ombro. Ela não queria ter que empurrar Sanaa para fora de seu caminho, mas não haveria outra opção se não conseguisse convencê-la rápido.

— Entendo sua preocupação, *suske*. Realmente entendo. Mas você não percebe que esse é o ponto? Nós vivemos com medo, não podemos sair à noite quando bem entendemos e o nosso Conselho nunca toma decisão alguma. As pessoas estão desaparecendo e eu não posso ficar aqui fazendo nada — me escondendo com medo de uma criatura que nem sabemos se existe! — Ela viu que Sanaa se preparava para responder, mas continuou argumentando: — *Suske*, eu saio para caminhar e ver as estrelas todas as noites e nunca me aconteceu nada, nem nunca me perdi. Você não acha que se esse fantasma realmente existisse eu já o teria visto?

— Isso não podemos afirmar. Você pode apenas não ter ficado no caminho dele, ou deve ter tido sorte. — Maya reprimiu outro suspiro, mas decidiu não rebater aquilo. — Certo, *sisko*, alguém tem que lidar com essa questão dos desaparecimentos, mas por que tem que ser você e não um dos anciãos ou um dos homens da vila?

Maya segurou a bolsa com mais força em seu ombro e passou pela irmã enquanto ela falava, indo em direção à porta.

— Por que se eu não for, ninguém irá. Eles têm demasiado medo — dizendo isso, ela pisou para fora da cabana e se virou para Sanaa. — Eu volto logo, *suske*, prometo. Eu faço isso por todos nós.

Ela foi surpreendida por um abraço apertado de sua irmã, que também encostou sua testa na dela.

— Então vá, *sisko*. Cuide-se, e que os bons ventos a acompanhem.

— As estrelas serão meu guia — respondeu o cumprimento da irmã como de praxe, e Sanaa a soltou. Maya saiu em meio à escuridão daquela noite em que a lua não tinha aparecido, indo na direção oposta à qual seguia todos os dias.

Aquela era a primeira vez em muitos anos que Maya não buscava um pedaço de relva para se deitar e admirar o céu noturno. Em vez disso, ela procurou guiar-se pelo brilho das estrelas, suas velhas amigas, e assim, o caminho escuro que havia começado na porta de sua cabana se iluminava.

Até aquele momento, Maya achava que conhecia aquela região como a palma de sua mão, mas as estrelas provaram o contrário, levando-a por caminhos até então desconhecidos pela jovem naveeriana. As montanhas pareciam muito mais inóspitas e maiores do que antes. Maya nunca saberia por quanto tempo seguiu caminhando, mas ao que parecia o fim de algumas horas, chegou a uma encruzilhada.

Ela conseguia distinguir as silhuetas de algumas árvores de troncos grossos de onde dois novos caminhos saíam, um em meio à escuridão e o outro repleto de damas da noite, que intoxicavam o ambiente com seu rico perfume. Maya precisou apenas sentir o perfume para saber por onde seguir. Sem pensar duas vezes, a garota seguiu a trilha mostrada pelas flores. Diferente do caminho anterior, aquela trilha tinha algumas bifurcações e por vezes Maya tinha que virar em diferentes direções para não perder o rastro das damas da noite — apenas seu brilho fraco mostrava que ela estava na direção correta. Diversas flores pareciam se abrir conforme Maya se aproximava e passava por elas, emitindo luzes esbranquiçadas.

Após mais algumas bifurcações, Maya viu uma raposa vermelha sentada na frente de uma das árvores, que se levantou ao passar por ela. Maya se virou ao ver que o animal parecia andar atrás dela. Ao fazer isso, porém, a raposa regougou e começou a correr, ultrapassando Maya. Ela entendeu que deveria segui-la, e assim o fez.

II.
O tronco bifurcado

O animal a guiou por aqueles caminhos cada vez mais iluminados até que Maya decidiu sentar-se para descansar num pedaço de relva. Ela se surpreendeu ao ver que a raposa também parou de correr e se aproximou, deitando-se ao lado dela. Maya cruzou as pernas e abriu a bolsa de couro sobre seu colo, fazendo uma rápida refeição de frutas e pedaços de pão. Ela nunca havia estado tão longe de casa. Na verdade, estava tão dentro das montanhas que não saberia voltar para a vila se não fosse pelo caminho de flores brilhantes.

Aquela área da floresta era tão densa que não era possível ver o céu. As árvores eram juntas demais, de modo que qualquer fonte de luz exterior era bloqueada, dando a impressão que estavam numa noite eterna. Maya compartilhou um pouco de sua comida com a raposa e, por falta de outra companhia, contou-lhe tudo que sabia sobre seu povo e sobre o fantasma que ela nem tinha certeza se existia. Como todos os animais deste mundo, as orelhas da raposa se levantaram, mostrando que ela estava escutando e estava interessada. Era quase como se o animal entendesse cada palavra de Maya.

A jovem acabou dormindo ali mesmo na relva, flanqueada por sua nova companheira. Maya teve um sono tranquilo, no entanto, o mesmo não se podia dizer da raposa. O que houve foi que Raposa despertou agitada depois de poucas horas, pois o barulho de galhos quebrando tinham chamado sua atenção. Ela se levantou e assumiu uma posição de ataque, posicionando-se na frente da garota que agora dormia esparramada na grama. Seus ganidos se transformavam em rosnados após cheirar o ar e não descobrir nada — nada vivo, pelo menos, já que ainda sentia uma presença sufocante que mudava o ambiente.

Um puma pulou da escuridão sem aviso, correndo na direção de Maya. Raposa o atacou, impedindo-a de chegar até a jovem adormecida. Uma disputa se seguiu — mesmo com seu tamanho diminuto, ela conseguia bloquear o puma em qualquer direção que viesse. Apesar disso, não conseguia atingi-lo. Em um momento lhe parecia que ele estava na sua frente e ao mesmo tempo não estava. Após várias tentativas, o puma voltou para o meio da floresta, e a Raposa rugiu novamente para espantá-lo. A Raposa ainda estava alerta quando se acomodou perto de Maya, voltando a seu sono agitado.

No que parecia ser a manhã seguinte — devido à falta de luz natural ali —, a Raposa deu uma leve mordida nos dedos de Maya para que acordasse, e logo começou a puxar a alça da bolsa dela com a boca, arrastando-a no chão. Ela correu em direção ao caminho de damas da noite, que continuavam abertas e exalando perfume.

Maya despertou no momento que sentiu os dentes da raposa beliscando sua pele. Ela se sentia bem descansada, e ainda grogue, como nos sentimos após uma noite de muito trabalho. Por isso, não compreendeu quando viu o animal mordendo e puxando a alça de sua bolsa com os dentes, e saindo correndo com ela.

— Ei! Espere aí! — Levantou-se de um pulo e disparou atrás de Raposa, vendo que voltavam ao caminho do dia anterior. Ela tomava cuidado para não esmagar as flores com seus passos apressados. A raposa olhou para trás por um momento e, após comprovar que Maya estava em seu encalço, continuou seguindo o rastro das flores.

Maya gritava para que a raposa a esperasse. Seguiu-a pela trilha de flores que parecia interminável — até que, algum tempo depois, encontrou a Raposa parada em frente a uma caverna, a bolsa jogada ao seu lado. Parecia estar curiosa, já que tinha seu olhar fixo na entrada do local. Maya olhou da entrada para a trilha que tinham acabado de seguir, concluindo que era ali que acabava. Ela não fazia ideia do que a esperava dentro, mas imaginava que aquele devia ser o caminho correto. Afinal, por qual outro motivo as estrelas e as flores a teriam guiado até a Raposa e até aquele lugar?

Ela jogou a bolsa sobre o ombro, lançando um olhar duro ao animal.

— Que foi, cansou de roubar minha bolsa, é? O que é que você queria me mostrar? — Como resposta, a Raposa regougou e entrou na caverna, o que fez com que Maya a seguisse mais uma vez. As duas seguiram por um túnel curto e escuro até que ele se abriu numa caverna pequena, por onde entrava um pouco de luz, mostrando que de fato estavam durante o dia.

Maya se permitiu alguns minutos para admirar seu entorno, enquanto Raposa seguia em frente, descendo pelas pequenas elevações de rocha abaixo das duas, quase como degraus naturais, que levavam a uma pequena lagoa no centro da caverna. Havia diversos pinheiros e árvores de coníferas na beira da lagoa, algumas tão altas que quase alcançavam o teto.

Na verdade, o que mais se notava naquela caverna eram os diferentes tons de verde da vegetação e a beleza e tranquilidade que traziam àquele ambiente esquecido pelo tempo. Ela desceu os degraus com lentidão, admirando tudo sobre aquele ambiente. Ela imaginava que deveria ser a primeira pessoa ali em séculos, devido à maneira que tudo parecia intocado e como os pequenos animais que via correndo pela caverna se aproximavam dela sem medo algum, apenas com curiosidade.

Conforme se aproximava do centro da caverna, Maya viu que a Raposa a esperava na beira da lagoa, cuja água era tão clara que ela conseguia ver um pedaço de tronco no fundo e salmões nadando de um lado para outro.

A raposa inclinou a cabeça quando ela se aproximou, como se mostrasse que aquele era o próximo passo. Maya entrou na lagoa com cuidado, notando que a água batia em seus calcanhares. Ela esticou o braço e recuperou o tronco, vendo sua madeira escura e percebendo que era bifurcado e muito leve. Então ela entendeu porque estava ali.

— Um tronco bifurcado... A lenda o menciona, não é mesmo? Que só estaremos livres do Puma Errante com esse tronco. — A raposa virou a cabeça em sua direção e a encarou. — Então era aqui que você queria me trazer. A lenda é verdadeira.

III.
A força que nos protege

Convencida pela raposa e pelos elementos que a tinham guiado naquela jornada até a caverna, Maya levou muito menos tempo para retornar até a parte das montanhas que conhecia do que tinha levado para sair dela. Raposa ainda a acompanhava, e a noite já tinha caído havia muitas horas quando ela chegou a uma distância segura de sua aldeia, de modo que conseguia ver suas luzes a pouca distância. Ela apertou sem perceber o tronco em suas mãos enquanto procurava algum rastro do fantasma. Nada na lenda mencionava como encontrá-lo ou atraí-lo, apenas diziam que ele vagava pelas montanhas a cada noite à procura de novas vítimas.

Diferente do que se esperaria numa situação daquelas, a jovem naveeriana não sentiu medo quando um rosnado chamou sua atenção. Na sua frente, um puma gigantesco e espectral corria até ela. A Raposa se virou em segundos e rosnou de volta, porém se manteve ao lado da jovem.

Maya se preparou para um possível impacto, esperando até que o puma estivesse bem próximo para jogar o tronco bifurcado no chão entre eles. O efeito foi imediato: o puma parou de correr ao alcançar o tronco, que, Maya percebeu, agia como uma barreira entre eles, protegendo a ela, a raposa e tudo que estava daquele lado das montanhas. Se Maya tivesse olhado para trás naquele momento, teria visto que toda aquela movimentação e o barulho tinham feito com que não só Sanaa como também a maioria dos aldeões deixassem suas cabanas e fossem na direção dela, efetivamente apoiando-a contra o fantasma.

O puma rosnou como em frustração e tentou avançar várias vezes, apenas para ser repelido e jogado para trás a cada nova tentativa. Ele parecia cada vez mais irritado. Aquilo não causou qualquer tipo de medo em Maya — deixando-se guiar por seus instintos, ela se aproximou de modo que seus pés tocassem o tronco e esticou seus dois braços, posicionando as palmas de suas mãos na testa do puma. Ela pronunciou com voz suave:

— Está tudo bem. Eu acho que você não é o que todos dizem ser. Você apenas precisa ser compreendido.

O animal-espectro rosnou mais uma vez — o que mais pareceu um lamento que qualquer outra coisa — e seu pelo espectral brilhou como a luz da lua e se dissolveu, revelando um homem de cabelos castanhos que chegavam até sua cintura. Ele tinha uma expressão triste e ao mesmo tempo aliviada, em seu rosto enrugado.

— Você me salvou, minha jovem. Obrigado por me tirar dessa existência miserável.

O choque de Maya foi tanto que ela quase removeu o tronco entre eles.

— Você é humano?! O que estava fazendo na forma de um puma, então? Por que você sequestra as pessoas dos povos das montanhas?

Ele sorriu para ela, para a raposa (que tinha parado de rosnar no momento da transformação) e para todos que observavam aquela cena.

— Sim, Maya. Muito tempo atrás, eu me perdi nestas montanhas de outono (elas eram muito mais traiçoeiras naquela época) e tanto tempo se passou sem que me procurassem que após a minha morte eu tomei a forma do meu espírito protetor, o puma. Desde então... há pouco menos de oitenta anos, sem ter para onde ir e ainda estando perdido, eu vagueio por estas terras ajudando aldeões e viajantes perdidos a encontrarem o caminho de casa, para que não tenham o mesmo destino que o meu — dizendo isso, ele levantou os braços com leveza e cinco pessoas que haviam desaparecido recentemente, todas Tólsotíl, apareceram ilesas.

Percebendo o que estava para acontecer, Maya chutou o tronco entre ela e o espectro, quebrando a barreira e deixando que aquelas pessoas passassem. Foi naquele momento que ela se virou e viu que quase toda sua comunidade os observavam — e agora estavam tomados de emoção, abraçando e beijando seus amigos e familiares perdidos há semanas ou até meses. Ela voltou seu olhar ao espectro, deixando que terminasse de se explicar.

— Tanto tempo vagando fez com que eu

fosse perdendo o que restava da minha sanidade, embora ainda tivesse momentos lúcidos. É por isso que eu cheguei a atacar pessoas, e também é por isso que tentei atacá-la na noite passada, e me desculpo por isso.

— O quê? Mas eu... eu não vi nada disso!

— Isso porque sua valente raposa a defendeu, Maya. — Ele sorriu, olhando na direção da Raposa, e Maya acariciou a cabeça do animal, que regougou satisfeito. — Sei como isto parece, mas apesar dos ataques eu nunca cheguei a machucar alguém. Eu as assustava para que encontrassem o caminho de casa ou as levava comigo até que pudesse guiá-las para casa. — A todos vocês, eu peço que me perdoem por ter causado tanto medo e dor à minha comunidade.

Maya olhou dos Tólsotíl para o espectro, parecendo um pouco confusa.

— Espere, então você é um de nós? — O burburinho atrás dela mostrava a surpresa de todos. — Tudo que sabíamos sobre você estava errado então. Espere aí, como sabe meu nome?

Pela primeira vez o espectro se moveu, tocando o braço de Maya. Em vez do toque gelado que esperava, ela sentiu um toque reconfortante, como quando se abraça um membro da família.

— Maya e Sanaa... — Sanaa saiu do meio da multidão e se posicionou ao lado de sua irmã mais nova. — Eu sempre estive acompanhando vocês nos meus momentos de sanidade. Não só sou, ou fui, um Tólsotíl, como também fazia parte da família de vocês. Meu nome é Signar, e sou pai que Maruska não pôde conhecer.

— Você é o nosso bisavô... *atasí*! — Sanaa deu um passo para frente e o abraçou, e Maya fez o mesmo em seguida. Os três ficaram naquele abraço por um momento que pareceu eterno para eles, embora na realidade fossem poucos minutos. Os muitos Tólsotíl atrás deles deram vivas, e muitos agradeceram aos deuses por aquele reencontro (ou primeiro encontro). — Vai ficar conosco, não é mesmo? Temos pouco espaço em casa, mas tenho certeza de que podemos dar um jeito — acrescentou, sem poder conter sua emoção.

Signar deu um sorriso triste e elas viram que seus olhos se encheram de lágrimas.

— Mesmo que os deuses assim queiram... eu já passei demasiado tempo aqui, *atasarian*. — Agora que estou livre, eu devo dar o próximo passo no meu ciclo, que é me juntar a todos os nossos ancestrais. Eles já me esperam.

— Não é justo — interveio Maya, sem conter as lágrimas. — Agora que nós o achamos, você vai embora, *atasí*... não poderemos ser uma família. Seremos só eu e a *suske*, para sempre.

Signar abraçou as bisnetas novamente antes de responder.

— Maya, querida, lembre-se dos ensinamentos dos anciãos da vila. Somos um, todos nós somos parte um do outro. Mesmo quando partimos, a nossa existência permanece a mesma. Passamos a fazer parte da natureza. Por isso, minhas queridas, eu estarei em todo lugar. Quando se sentirem tristes ou perdidas, lembrem-se que estarei com vocês, para sempre.

Aquelas palavras, embora tristes, ajudaram a confortar Maya e Sanaa, que já compreendia melhor tudo aquilo. Ela apertou a mão da irmã mais nova, e Maya retribuiu o gesto com mais força que gostaria. Signar deu um abraço longo e cheio de lágrimas nas duas.

— Um dia vocês se juntarão a mim e a todos nossos ancestrais quando o ciclo de cada uma de vocês se completar. Não imaginam o quanto estou feliz por conhecê-las. Até lá... eu sempre estarei em todo lugar para guiá-las.

Signar desvaneceu tão rápido como tinha se transformado de puma em homem. Assim que ele se foi, as irmãs se deram as mãos novamente. Embora aquela despedida fosse difícil, a luz do sol no horizonte lhes trazia esperança.

Afinal, a partir daquele milésimo de segundo,

as montanhas perpétuas de outono nunca mais foram as mesmas.

A Onça e o Lampião

∞

Para todos aqueles que se sentem perdidos.

Ele não se lembrava de como começou. Não, de modo algum. Tudo que sabia era que despertou e olhou para baixo, para o próprio corpo, primeiro vendo seus braços estendidos na posição em que se encontrava — deitado, o corpo esparramado. Ainda confuso, levantou-se, estalando as costas e vendo seus arredores. A cama desarrumada, os lençóis novos, o quarto aconchegante e as paredes de vidro que o deixavam ver a cidade antiga lotada de arranha-céus e banhada pelo sol da primavera. Mas aquela não era sua morada. Foi o que notou ao caminhar pelos outros dois cômodos que compunham o apartamento, tudo arrumado demais, novo demais, quase como se esperasse hóspedes.

Pegou um cartão que viu em cima de uma pequena mesa e saiu do quarto, usando-o para trancar a porta. Suas suspeitas se confirmaram quando viu os corredores decorados com um tapete macio e um papel de parede cor de creme. Ao descer pelo elevador, viu comunicados em mais de um idioma, e ao chegar ao térreo foi cumprimentado por recepcionistas. A placa acima do balcão confirmava que se tratava de uma grande hospedagem para viajantes.

A primeira coisa que notou após dar seus primeiros passos do lado de fora foram muitas pessoas andando pela rua, muitos pareciam estar indo ao trabalho. Havia também um grande tumulto de ônibus, bicicletas e carros, cujo barulho chamou mais sua atenção do que o movimento das pessoas ao se juntar a elas, andando pelas calçadas bem cuidadas. Aquele cenário o fez pensar que deveria estar próximo do centro de uma grande cidade. E, de fato, aquilo se provou: após andar por alguns quarteirões, notou que pessoas, por seus sotaques e vestimentas, deveriam ser turistas, aglomeravam-se na frente de uma enorme torre, uma construção muito moderna. Ele pôde ver uma espécie de cúpula redonda que estava próxima do topo da torre — um ponto turístico. Os visitantes formavam filas em uma entrada de portas de vidro.

A calça social e a camisa azul que ele usava o ajudavam a se misturar em meio àquela multidão. Porém, enquanto caminhava, um turbilhão de vozes ao seu redor começou a incomodá-lo, como se pudesse ouvir todas aquelas vozes dentro de sua cabeça. Ao olhar para os lados, viu que aquilo não parecia acontecer com mais ninguém devido aos semblantes tranquilos dos transeuntes. Apenas ele parecia se sentir incomodado. Aquela sensação se alastrou quando a primeira fila andou e as pessoas começaram a entrar na torre. Ele se posicionou em uma das filas da frente, querendo entender qual era a expectativa daquelas pessoas. O que estavam esperando?

Algumas pessoas viraram as cabeças, olhando ao longe. Um grupo de pessoas vestidas com roupas tradicionais se aproximavam, sem dúvida para participar de alguma espécie de manifestação cultural. No início, ele também olhou na mesma direção, mas logo um mal pressentimento o fez parar.

Suas suspeitas se confirmaram: do lado oposto da avenida onde a torre se encontrava, vinha um ônibus desgovernado a grande velocidade. O homem não saberia explicar o porquê, mas correu no momento que a multidão se deu conta do que estava prestes a acontecer. O ônibus se aproximava cada vez mais rápido, e não havia tempo. Como por instinto, o homem se desvencilhou da multidão e correu na direção do ônibus, sem ver as pessoas se afastando atrás dele, de maneira que somente ele estava na mira do veículo. Ele ouviu o barulho de vidro estourando seus tímpanos antes de sentir o impacto.

Ele despertou de novo, sem entender, quando viu que não estava no mesmo quarto bem iluminado de antes, nem naquela hospedagem. Pelo contrário, ele agora estava deitado no chão, em um local um pouco escuro, e suas roupas estavam muito amassadas e sujas de sangue, embora ele não sentisse dor, nem tivesse muitos machucados além de alguns cortes nos braços. Ele se sentou com rapidez e tentou compreender o que era aquilo, até que uma voz chamou sua atenção.

— Como foi a sua experiência, Tristan? — Levantando a cabeça, buscou a origem da voz, mas não a encontrou. Ao mesmo tempo, parecia que a voz preenchia o ambiente de penumbra e também entrava em sua mente.

— Esse não é o meu nome — respondeu quase sem pensar.

— Como não? — Se houvesse um rosto, ele imaginou que teria uma expressão desapontada, embora a voz não mostrasse nenhuma emoção. — A perda de memória é comum após esse tipo de experiência. Você teve de voltar à cidade para aceitar o que lhe aconteceu.

Ele se levantou para procurar a origem da voz enquanto as palavras começavam a fazer sentido. Quase de modo imediato, muitas cenas inundaram sua mente: uma versão mais nova dele mesmo andando pelas ruas bem iluminadas da cidade, ele discutindo com uma mulher parecida com ele, ele subindo escadas de incêndio de um prédio antigo no centro da cidade, e por fim, ele no terraço de um prédio, olhando a vista dos arranha-céus, vendo a torre ao longe e, por fim, olhando para baixo, prestes a dar um passo em direção ao vazio. Uma imagem final apareceu, algo que ele não tinha visto antes. Um pedaço de pedra entalhado, onde se lia:

Tristan Dubé
Morto aos 20 anos
NOSSO AMOR PERDURA PELA ETERNIDADE

A visão da lápide fez com que os olhos de Tristan se enchessem de lágrimas, pensando na dor que havia deixado. Quando as lágrimas escorreram por seus olhos, porém, ele viu que seu corpo mudava, e ele sentia cócegas.

— Não fique triste. Ao salvar aquelas pessoas, você se perdoou e libertou todos aqueles que se lembram de você. Você salvou aquelas vidas para que elas, na verdade, o salvassem. — Foi então que Tristan notou que aquela não era uma voz sem rosto. Era sua própria voz, jovem e profunda. A sensação de cócegas se intensificou e logo viu que seu corpo havia mudado e agora ele se parecia com um grande felino com manchas. Tristan rumou para a saída do vazio. Por fim com os segredos e sem nunca esquecer da própria história, ele sabia qual seria sua função. Tristan caminhou no escuro, seu corpo iluminando o caminho enquanto ele carregava um lampião na boca.

As manchas de sua pelagem seriam a luz na escuridão, e ele seria o guia dos que não sabiam que estavam perdidos.

A Floresta das Sombras

∞

Para Bi, a amiga-irmã
que tive a sorte de conhecer.

Esta história se passa em uma época muito antiga, quando os regatos ainda corriam sem curso e antes da neve branca cair sobre os picos das montanhas. Incontáveis gerações no longínquo país de Naveera ainda transmitem esta lenda, e por isso é conhecida por mais de um dos muitos povos de tão estranha terra. Dizem que se trata de uma história real, relegada às águas e aos ventos que não mais voltam, porém nunca teremos certeza: as águas e as intempéries falam em línguas que deixamos de entender há muitos éons. E mais uma vez ela será contada, para que não fique perdida na Eternidade nem nas correntes do Universo que nos rodeia. Se ela é real ou não, caberá a você decidir, estimado, estimada ouvinte. Envolva-se com ela e siga o caminho apontado. Lembre-se de agasalhar-se com peles e levar uma tocha, pois o caminho é escuro, por vezes frio e tortuoso.

Nossa história é sobre os azuis fogos-fátuos e a magia de mundos distantes, porém é principalmente sobre a perda e a descoberta — sobre o encontro dos diferentes caminhos em uma única jornada. Em um lugar com calçadas de pedras brancas e mosaicos intrincados nos cantos dos prédios, em meio às colinas e próxima à costa de um mar muito azul e calmo, ficava uma cidade pequena e acolhedora. Poucas criaturas habitavam aquela região, e ainda menos pessoas. Mas essa cidade era o lar de uma pequena família, composta por um pai de olhos claros e sua filha, reconhecida por seus cabelos pretos.

Naquele tempo e naquele local de Naveera, a vida se resumia ao passar das estações e às colheitas abundantes do clima mediterrâneo. Seus habitantes, acostumados ao vinho e às frutas, passavam pela vida sem grandes preocupações. O mesmo ocorria com a jovem cujo nome foi esquecido.

Para os propósitos desta história, nós a chamaremos de Rosa, pois ela colhia flores das colinas e as vendia nos dias de mercado, quando os habitantes de aldeias próximas visitavam a cidade. Seu pai era um artesão, conhecido pelos moradores por ter a habilidade de consertar qualquer tipo de tecido, fosse roupa de feira, fosse armadura, com alguns movimentos de suas mãos ágeis e os materiais corretos.

Não era tudo devido a seu talento, porém: a matéria-prima vinha da floresta de pinheiros, por vezes envolta por sombras coloridas, quase uma fronteira que a separava do resto da paisagem. Ninguém sabia a origem daquele estranho fenômeno, mas tinham um respeito quase temoroso por aquele local. O pai dela era um dos poucos que se atrevia a entrar na floresta, coletando apenas o necessário.

E é no final do verão que esta lenda começa. Em mais um dia ensolarado e de céus azuis, a filha do artesão saiu caminhando pela estrada de pedregulhos, pela primeira vez já adulta o suficiente para visitar a floresta por si só. Ela queria evitar que ele trabalhasse ainda mais do que o normal, e por isso havia combinado com ele que ficaria responsável por buscar a matéria-prima.

Embora a floresta fosse próxima da cidade, ela se demorou em seu caminho pois parou várias vezes para conversar com outros viajantes, todos membros de sua comunidade e moradores de sua cidade natal. Ela e seu pai eram conhecidos na comunidade e cultivavam boas amizades.

Quando por fim a estrada ia ficando mais estreita, ela olhou para trás, vendo sua cidade na colina mais distante. E continuou em frente, seguindo pelo fim da estrada, que ficava um pouco mais escura conforme se aproximava dos limites da floresta, sem saber que a luz dourada do final da tarde desaparecia atrás dela. Ela notou as sombras coloridas pouco tempo depois de entrar na floresta, após se distrair com as árvores altas. Virando a cabeça, Rosa viu sombras de cores que nunca havia visto. A maioria era de tons que não existiam naquelas terras — talvez de locais debaixo do mar ou acima das montanhas, mas ela nunca saberia definir.

Rosa seguiu as sombras por tanto tempo que o dia virou noite e o calor esfriou. Ela apertou a capa em torno dos braços enquanto continuava em seu caminho, sem hesitar e se surpreendendo a cada vez que as sombras mudavam de cor.

O caminho que fez dentro da floresta jamais seria esquecido, embora a própria garota não lembrasse. Após muitas horas andando pelos caminhos mal iluminados e sinuosos, ela viu uma figura ao lado do maior pinheiro pelo qual havia passado. A figura se virou, ficando mais fácil de vê-la conforme se aproximava.

Na frente de Rosa estava uma mulher usando uma capa azul-marinho, bem iluminada pelas sombras, que agora tomavam vários tons de branco, lançando uma luz fraca. O que mais chamou atenção, no entanto, foi sua altura e uma inscrição verde que tinha na testa. Rosa não conhecia seu significado. Os cabelos da mulher se misturavam com a capa, então Rosa não soube definir sua cor, apenas viu que eram compridos. A luz brilhava no rosto pontudo da mulher, e ela esticou um de seus braços para a frente.

— Após tanto tempo, alguém veio. Estávamos te esperando. — A voz profunda a tranquilizou.

— Deve estar me confundindo com alguém — Rosa respondeu, sem nada entender. — Eu vim aqui para coletar alguns materiais para o meu pai — dizendo isso, olhou em volta, mas não viu os arbustos que ele lhe tinha dito para procurar. — Só preciso encontrá-los e já vou para casa.

— Não será assim, Rosa — antes que pudesse perguntar como sabia aquilo, a mulher respondeu. — A floresta me disse o seu nome. As sombras de muitas cores a trouxeram até aqui. Há anos elas tentam atrair alguém digno, e ainda nenhum mortal as havia seguido por tanto tempo. Isso mostra uma promessa sua. É de se pensar que a floresta confia em você.

— E você, quem é? Você mesma não pode cumprir essa tal promessa?

A mulher se aproximou mais e tocou no braço de Rosa. Aquele gesto a deixou mais tranquila, e por causa da proximidade, viu que um olho dela era vermelho e outro era azul, e os dois brilhavam com a mesma intensidade.

— Nomes não têm tanta relevância aqui, você pode me chamar como quiser. Eu sou apenas uma mensageira cumprindo uma missão. Meu dever é guiar quem quer que venha até aqui. Os que são como eu se conectam à natureza, porém não temos o poder de mudar os acontecimentos. Diferente de mulheres como você.

— Por que menciona mulheres, Púrpura?

— Era o primeiro nome que lhe vinha na cabeça, de tão surpresa que estava com aqueles olhos de cores diferentes. — Você ainda não me falou que promessa é essa.

— Porque nós estamos mais conectadas aos espíritos que aqui vivem. Um homem também poderia cumprir a promessa, porém seria mais desafiador. — Eu me refiro ao pacto que foi firmado entre os mortais e esta floresta, um dos pontos de origem da magia naveeriana. Como foi a primeira a vir aqui em tantas décadas, Rosa, a floresta espera que você lhe faça um serviço. E como recompensa, os campos ficarão mais verdes e a colheita mais farta.

— Eu só quero ir para casa — Rosa confessou, cansada daquela conversa. Nada daquilo estimulava seu interesse ou curiosidade.

— Eu entendo isso. — Púrpura sorriu um pouco, mas logo uma expressão preocupada tomou suas feições. — Porém a floresta não. Segundo o que dizem as estrelas, ninguém virá depois de você. — Olhou para o céu estrelado por um momento. — Rosa, a floresta precisa de ajuda. Se você não apaziguar o Espírito do Pântano, temo que o equilíbrio entre a magia, os humanos e a natureza acabará em alguns anos. E com o fim do equilíbrio, não restará nada além da terra seca e morta.

— Então a existência dos espíritos depende das atitudes das pessoas?

— Exato. Os espíritos não têm o poder de resolver isto sozinhos, precisam de ajuda mortal. Eles mesmos me comunicaram tudo isto. Eu sinto muito por lhe dar esta responsabilidade, e novamente, faria eu mesma, se fosse possível. Porém, tudo deve acontecer desta maneira.

— Está bem. Vou ajudar — Rosa pareceu perceber a seriedade da situação e dali em diante sua preocupação com o estado da floresta se tornou maior que sua vontade de voltar para casa. Afinal, seu pai e todos ficariam bem se ela ajudasse a restaurar o equilíbrio. Púrpura pareceu aliviada e guiou Rosa pela floresta, enquanto as sombras coloridas continuavam sobre elas. Enquanto caminhavam, Púrpura lhe contou sobre muitos segredos da ordem da magia e do universo, e Rosa se sentiu mais preparada para o que teria que enfrentar.

Enquanto caminhavam pela relva sinuosa, Rosa não se sentiu cansada, e pensou que a conversa agradável fosse o motivo. O céu já estava com os tons dourados do final da madrugada quando pararam. Aquela era a fronteira entre a floresta e um pântano, em um lugar tão profundo e escondido que era desconhecido pela maioria das criaturas que viviam entre os pinheiros.

— Fique perto de mim — Púrpura sussurrou e elas entraram no pântano de braços dados, as sombras coloridas dando a única fonte de luz. Estava muito mais escuro lá dentro que no resto da floresta. Rosa parou quando viu que a mensageira fez o mesmo. Pelo pouco que conseguia ver, parecia que estavam na beira de um pequeno lago. Na frente delas algo grande se movia e ouviam a água se mexer com seus passos pesados, conforme a figura pisava dentro do lago.

Naquele momento, Rosa sentiu a mensageira mexer o braço que estava enlaçado ao seu, soltando-se. Seus olhos acompanharam as sombras, vendo-as se movendo, dançando em volta do braço de Púrpura e em volta da capa azul que vestia, e com simples gestos da mensageira subiram um pouco acima das duas, mudando de cor para branco.

A única coisa que passou pela cabeça de Rosa foi que aquela era uma boa fonte de luz, e de fato suas suspeitas se tornaram verdadeiras, pois viu que de fato estavam na beira de um lago, em pé sobre os últimos trechos de grama. O cheiro de terra molhada invadiu o ambiente, o que deixou Rosa mais calma, voltando a olhar para o lago e para a criatura que se movia dentro dele. Rosa olhou de soslaio, vendo uma expressão tranquila na mensageira, sem nenhum sinal de surpresa.

Conforme se aproximava, a figura mostrou ser um gigantesco gato preto. Era tão grande que as águas do lago batiam em suas patas, e pequenas ondas se formavam quando se movia. Rosa observou como ele e Púrpura se curvaram um para o outro.

— Eu fico agradecido, feiticeira. — A voz dele era grave e profunda. Ele se virou para Rosa. — Seja bem-recebida. Os espíritos da floresta me dizem que você deve cumprir Três Provações para apaziguar-nos. Terá o apoio da feiticeira. — Os bigodes dele se mexeram enquanto falava, e Rosa sentiu um formigamento na testa, e tocando-a sentiu o formato de uma estrela. — Em alguns desafios, as suas armas serão o intelecto e a rapidez. Em outras, você terá objetos. Porém, cuidado: você está arriscando sua vida para recuperar o equilíbrio do mundo. Isso significa que poderá perecer se a pressa se tornar sua inimiga ou se os sentimentos a vencerem. Para saber que está no caminho certo, você voltará a este pântano, que é o início e o fim de tudo. A energia deste lugar me impede de deixar a lagoa, então posso apenas aconselhá-la com a fala. Eu lhe desejo boa sorte, guardiã. Que tenha vindo a nós uma verdadeira guerreira.

A palavra que o gato-espírito usou para se referir a Rosa ficaria encrustada em sua mente e coração: guardiã. A perspectiva de morrer não a assustou naquele momento. Talvez de fato fosse a pessoa certa para auxiliar os que mantinham o equilíbrio. O gato ficou parado, olhando-as se afastarem após Púrpura tocar o ombro de Rosa com delicadeza, acompanhando-a em um caminho oposto ao que as havia trazido ao pântano.

— O primeiro desafio é a Provação de Conhecimento. — A partir dali, Púrpura começou a falar muito devagar, de maneira que os passos delas eram mais rápidos que as palavras. — Use o seu intelecto e a sua intuição para responder às charadas do espírito que nos deu a inteligência e as emoções. — Rosa assentiu, vendo como os arredores já haviam mudado em alguns minutos.

As sombras, que continuavam dançando acima delas, agora emitiam uma luz amarela, e as botas de Rosa afundaram alguns centímetros ao pisar em areia fina. Púrpura a encorajou e as duas seguiram por um trecho desértico, com o ar ainda frio, o deserto banhado pelo sol conforme amanhecia. Púrpura parou de andar após mais alguns metros, no mesmo momento em que Rosa conseguiu ver uma forma encolhida à frente, não muito distante delas.

— A partir deste ponto, Rosa, você deve seguir por si só. As sombras a acompanharão. Eu devo esperar aqui.

Rosa não sentiu a necessidade de responder, e apenas deu o próximo passo, observando que as sombras passaram a se mover acima dela após um gesto gracioso de Púrpura. A forma encolhida se virou. Era um tipo de felino alado de pelo dourado com manchas pretas, com a linguagem corporal de um gato doméstico, porém de olhar muito feroz e feições mais angulares, vagamente humanas. Ele se levantou, com as orelhas viradas para a frente e as asas longas estendidas, ficando maior e mais ameaçador. Rosa parou bem na frente dele, perto o suficiente para que pudessem se tocar.

— Mortal vinda das trevas, por duas vezes diga-me: qual bebida obterei se misturar sândalo com erva-filatre? — O felino tinha uma voz baixa e rouca. Rosa estava confusa, afinal nunca havia visto sândalo, apenas tinha ouvido falar de suas propriedades curativas.

Sentou-se à frente do espírito e pensou em todas as flores que vendia e em todos os produtos que via nos dias de mercado, mas sua mente continuou vazia. Ela olhou para trás, pensando se Púrpura saberia a resposta, mas o ar foi tirado de seus pulmões com um solavanco e um grito quando o felino saltou sobre ela, pressionando uma garra em seu pescoço.

— Não! — O rugido alto fez seus ouvidos

doerem. — Você não pode olhar para trás! Responda ao enigma da esfinge ou do deserto nunca sairá. — Rosa olhou nos olhos da esfinge e pediu desculpas, o que a fez se afastar alguns passos, mantendo um olhar muito atento em seus movimentos. Ainda com os ouvidos doendo, Rosa respirou fundo e tentou pensar. O que seu pai havia lhe dito sobre ervas?

— Um afrodisíaco. Você obtém um afrodisíaco, porque o sândalo é um perfume — a esfinge rugiu em resposta, dizendo entre rosnados que estava errado. Um afrodisíaco não era um tipo de bebida. Rosa queria discordar, afinal conhecia muitas histórias sobre aquilo, mas pensou que fazê-lo não seria muito prudente. Outra ideia surgiu em sua mente, a chance derradeira. Parecia uma opção ridícula. Se ela errasse, tudo estaria perdido.

— Sangue. Irá obter sangue, seja humano ou de outra criatura vivente, pois essa erva, em altas concentrações, é venenosa. É uma bebida porque alguns espíritos se alimentam de sangue.

O espírito inclinou a cabeça e se sentou, dobrando as asas.

— Está correto. Siga o caminho em frente.

Sem dizer nada, Rosa seguiu, vendo que após alguns passos o caminho voltou aos corredores verde-escuros da floresta. Púrpura estava aguardando onde havia prometido e juntas retornaram ao pântano.

— Venci a Provação do Conhecimento. Derrotei o espírito da esfinge — Rosa declarou assim que chegaram à beira do lago. Estava orgulhosa de seu feito.

— Impressionante — o gato concedeu, inclinando a cabeça na direção de Rosa. Ela sentiu outro formigamento na testa e desta vez se abaixou de joelhos na grama em direção do lago, vendo em seu reflexo que a estrela em sua testa era verde e que havia ganhado mais uma ponta. — Continue a sua jornada, guardiã.

Elas foram pelo mesmo caminho de antes, desta vez chegando em outro trecho da mesma floresta, porém muito mais escuro e silencioso. Púrpura pousou as mãos nos ombros de Rosa, olhando-a com seriedade.

— Prepare-se para a Provação de Valor, muito mais difícil que a anterior. Você deve seguir por aquele trecho escuro para escapar de uma enorme criatura que se esconde nas entranhas da floresta. Cuidado, pois ele pode estar em qualquer lugar. Nunca olhe para trás, ou ele atacará pelas costas.

— Eu não posso combatê-lo? Por que fugir dele? — Rosa questionou, ouvindo a urgência nas palavras da mensageira.

— Você deve conquistar o medo. — Púrpura respondeu enigmaticamente. Com alguns movimentos de sua mão, as sombras ficaram com um tom alaranjado e depois vermelho, representando o fogo. Tomaram a forma de uma esfera flutuante, com as cores sempre girando dentro dela. Com mais um gesto, a esfera flutuou ao lado de Rosa, na altura de sua cabeça. Ela engoliu em seco e prosseguiu, entendendo que Púrpura não podia oferecer mais ajuda do que aquela.

Rosa sentiu uma textura estranha abaixo de suas botas quando pisou no corredor escuro, cheio de pinheiros. Mais alguns passos lhe disseram que era o que suspeitou: uma miríade de ossos, sem dúvida humanos pelo tamanho e pela largura da maioria deles.

Rosa sentiu um arrepio na espinha e uma fungada em seu pescoço, como se algo estivesse lhe pedindo para se virar. Ela cerrou os punhos, ficando com uma postura rígida, desejando que tivesse uma arma para matar o monstro. Tudo que pode fazer, no entanto, foi continuar em frente, enquanto sua atenção era desviada pelos barulhos de passos que não eram os seus e por rosnados, seguidos de gritos de agonia, que ela não sabia se eram reais ou se eram de algum passado distante.

Acima dela o sol se movia para o zênite,

indicando o fim da manhã do dia seguinte, mas Rosa havia perdido toda a noção do tempo. Ela conseguiu manter-se firme, apesar do coração acelerado e das mãos suadas, mesmo quando uma criatura parecida com uma mistura de urso e lobo apareceu no caminho. Ela o encarou, sem parar de andar, e as sombras brilhantes pareceram assustá-lo, fazendo-o correr para o meio das árvores.

Muitas outras criaturas apareceram conforme Rosa andava, porém ela se sentia mais confiante a cada vez que fugiam após serem intimidadas, fosse pelas sombras ou pela presença de Rosa — a razão pela qual os vencia não era importante, e sim que ela era capaz. Aquele desafio a fazia ver que o mais importante era a coragem que sentia ao enfrentá-los. No entanto, os ossos continuaram aparecendo e não era possível prosseguir sem pisar neles. Enquanto o fazia, ela se sentiu triste ao pensar no que aquelas vítimas teriam passado. Convenceu-se a continuar, e de cabeça erguida, pois aquele era o único jeito de evitar que todos tivessem aquele mesmo destino.

Conforme se aproximava do final do corredor de pinheiros e via a silhueta da capa azul-marinho de Púrpura ao longe, ela pensava na honra que era receber aquela tarefa. Ela, Rosa, seria a responsável por trazer de volta o equilíbrio ao universo. E mesmo que tal feito fosse esquecido com o passar dos éons, bastava que ela soubesse.

Púrpura sorriu quando viu Rosa chegando e imediatamente as sombras foram até ela, voltando à forma original e novamente mexendo-se em diversas cores. O próprio ar da floresta parecia diferente, mais calmo, mais leve. Talvez houvesse menos perigo para quem a visitasse a partir daquele momento.

O semblante do gato também estava mais tranquilo quando chegaram até ele, e Rosa sentiu a inscrição em sua testa mudar antes que ele dissesse qualquer coisa. Agora ela tinha uma estrela de seis pontas. Não sabia o que significava, nem achava que seria capaz de entender, mas sentia que era algo positivo.

— Já devo agradecê-la, guardiã. — Ele se deitou no lago, o que fez a água subir, molhando um pouco as roupas delas. — Você pode não perceber, mas já fez muito por nós. Eu e os demais espíritos já sentimos o ar mais leve e fugaz, e sabemos que falta muito pouco para que a conexão entre nós, a natureza que nos cerca e nutre e os mortais seja restaurada. Agora, no entanto, falta a tarefa mais importante. Confie em si mesma e conseguirá.

Púrpura, assim como o gato, não tinha nada além de palavras generosas e elogios para Rosa enquanto iam para o local do último desafio. Seu semblante estava muito mais suave e Rosa até arriscaria dizer que parecia mais jovem, como se tivesse rejuvenescido alguns anos. Mas como ela nunca perguntou, nunca soube a verdade sobre Púrpura.

— Escute bem, Rosa: a última tarefa é a Provação de Fortitude. Parece simples, porém não deixe as aparências a enganarem. Você deve derrotar o espírito que aparecer na clareira à frente com isto aqui. — Rosa não viu de onde surgiu, mas nas mãos de Púrpura havia uma lança de aço, incrustrada de cristais verdes.

— Um pique? Mas são os guerreiros que os usam — Rosa questionou, confusa. Nunca havia empunhado uma arma de infantaria antes.

— E o que diferencia você deles ou delas? — Púrpura levantou as sobrancelhas, dando um sorriso convencido. — Diga-me, esta floresta não é seu campo de batalha e não é esta a sua guerra? Além disso, nada a impede de se tornar uma guerreira algum dia, se é isso que quer. — Rosa não se sentiu capaz de responder. Afinal, nunca havia pensado naquelas coisas. A vida na pequena cidade, colhendo e vendendo flores, era boa e lhe trazia conforto. — Minhas sombras não irão acompanhá-la agora nem irão iluminar seu caminho. Está claro para mim que pode fazer isto sozinha.

Mas vou te dar mais uma coisa. — Púrpura se aproximou e trançou os cabelos pretos de Rosa com rapidez, deixando-os para trás e amarrando uma fita lilás em toda sua extensão. Rosa tocou seus cabelos, satisfeita com a mudança, e agradeceu.

Rosa tomou a lança das mãos da sacerdotisa e deu passos firmes até uma clareira. Ela segurou a lança nas duas mãos, surpreendendo-se com a sua leveza e como pareceu ajustar-se bem aos seus movimentos e à sua linguagem corporal. Parecia que a arma tinha sido feita para ela. Como não havia árvores para bloquear a luz, o sol banhava a clareira e também a pele de Rosa, que se sentiu grata pelo calor confortável. Pela altura do sol, sabia que o dia já havia passado da metade. E sem demora uma grande forma voou rasante sobre Rosa, o que a fez assumir uma posição de guarda, como um movimento natural. Ela olhou para o céu cheio de nuvens e apurou os ouvidos, pegando um vislumbre de penas douradas, ou seria pelo? Ela pensou ver uma cauda também.

No momento seguinte, uma criatura alada pousou na sua frente. Diferente das outras que havia visto, esta não parecia querer atacá-la, mas a olhava com o que poderia ser curiosidade. Ela era uma estranha junção de pássaro e felino, com a primeira metade de seu corpo de águia, com bico, feições e asas deste animal, além das patas da frente, que eram garras enormes e afiadas. A outra parte de seu corpo, no entanto, era de leão — o corpo esguio e forte, as patas traseiras tão grandes quanto as da frente e a cauda. As penas e os pelos se misturavam em seu dorso atrás das asas, e eram de um tom entre o marrom e o dourado. Rosa pensou em pedras preciosas ao vê-lo, e por um momento até esqueceu o que havia ido fazer ali. Aquela criatura era bonita e majestosa demais para olhos mortais.

— Lute comigo em um duelo honroso, Rosa. — Ela nem pensou em perguntar como sabia seu nome. Falou baixo, rápido e claro: — Derrote o grifo, aquele que guarda o tesouro.

Rosa moveu a lança em suas mãos e a segurou com mais força.

— Assim será e cumprirei meu propósito. Nenhum de nós pode matar o outro. — Ficou surpresa de ditar um dos termos do combate, mas aquilo parecia correto, pois o grifo não a corrigiu.

O grifo deu impulso e levantou voo no mesmo momento em que Rosa brandiu a lança e correu em direção a ele. Ele voava baixo, e ela corria sob a sombra dele, girando a lança e mudando-a de posição para tentar alcançá-lo, porém sem sucesso. Em um voo rasante, ele atingiu Rosa com uma das garras, derrubando-a no chão. Ela demorou um pouco para se levantar, colocando uma mão no machucado embaixo da costela e usando a lança como se fosse um cajado, apoiando-se nela. Não era um corte, mas com certeza ela ficaria com hematomas da batida.

Sempre que o grifo mergulhava em direção a ela, Rosa pulava para fora do caminho dele, muitas vezes rolando no chão e depois pegando a lança antes que ele o fizesse. Ela estava mais atenta e não deixaria que ele a acertasse novamente.

— Pare de correr! Reaja! — o grifo gritava, dando outro voo rasante. — Você nunca poderá vencer se não atacar! — Rosa conseguiu se esquivar dele e correu mais, até a borda da clareira, onde pegou algumas pedras pontudas e as jogou nele quando voava baixo, porém aquilo só pareceu irritá-lo, não servindo para desorientá-lo como havia planejado.

Dando vazão à impaciência, Rosa correu e correu até que seus pulmões não aguentaram mais, e o grifo aproveitou-se do cansaço para pegar a lança em outro mergulho.

— Não! — Rosa amaldiçoou e atravessou a clareira, andando devagar por causa da falta de fôlego, em direção a um brilho que havia visto refletido pela luz do sol. Era o que pensava: na borda da clareira, próximo a um arbusto frondoso, estava uma pilha de moedas de ouro. Aquele devia ser o tesouro do grifo.

Rosa não teve dúvidas e se apossou do tesouro, tirando-o de lá, as mãos e os braços cheios de moedas, e foi assim até o meio da clareira. Ao ver o brilho lá de cima, o grifo piou como uma águia faria e desceu imediatamente, largando a lança. Então Rosa agiu muito rápido.

Ao mesmo tempo em que deixou as moedas de ouro caírem no chão, Rosa alcançou a arma e a arrastou para si com seu pé, deixando a outra perna em meio ao tesouro, mostrando ao seu oponente que não planejava sair de lá tão cedo. Ela sorriu triunfante, segurando a lança de novo em posição de ataque, enquanto o grifo a cercava, sem conseguir descer o suficiente para pegar as moedas, já que ela apontava a arma na direção dele.

O grifo guinchava, parecendo preocupado e

ansioso, mas não se atrevia a atacar nem a descer, parecendo recear as ações de Rosa. Sem hesitar, ela jogou a lança para cima com toda força que tinha em seus braços, os músculos se retesando como quando um arqueiro lançava sua flecha. A lança o atingiu de raspão em uma das asas, sem machucar muito, porém com suficiente impacto para que ele tivesse que pousar.

— Você é quem precisa parar de se defender! Parta para o ataque! — Rosa acabou rindo, arrancando a lança do ferimento quando o grifo voou bem perto dela, pousando em seguida na frente dela. Uma espécie de rugido saiu da garganta dele enquanto ele corria na direção dela, e seu corpo de leão permitiu que desse um salto longo, que Rosa conseguiu bloquear parcialmente com a lança, sofrendo um arranhão no ombro e gritando.

Foi então que o espírito passou a atacá-la sem parar, a falta do tesouro parecia estar deixando-o louco. Confiante em sua habilidade e sem medo, Rosa conseguia bloquear os golpes com alguma dificuldade, principalmente quando o grifo tentava acertar seu rosto ou costelas. Até que pararam de acertar um ao outro e o duelo pareceu mais uma performance por algum tempo. Com o tempo, Rosa percebeu que não era daquela maneira que a batalha deveria acabar.

Ofegante pelo esforço, ela girou a lança uma vez mais, sentindo seu peso, deixando a parte afiada para cima enquanto seu oponente se preparava para dar o bote. Lembrando-se de algo que percebeu quando a usou para se apoiar, Rosa pôs as duas mãos sobre as pedras verdes da arma e a bateu no chão no meio da pilha de moedas de ouro com tanta força que ele tremeu. O grifo parou de repente, parecendo surpreso, e inclinou sua enorme cabeça.

Não foi um simples tremor. Ondas de energia se desprenderam da lança, primeiro ao redor de Rosa, depois ao redor do grifo e da clareira, de toda a floresta e de todo aquele território, inclusive na pequena cidade de azulejos. Todos, mortais ou espíritos, ouviram um barulho suave similar ao de sinos de vento, que pareceu se prolongar. Todos sentiram quando o tempo parou e a magia foi religada à natureza e aos humanos.

— Você me venceu e descobriu o segredo, guardiã. Eu a parabenizo. — O grifo se curvou para ela e Rosa sorriu. Foi ela quem mais sentiu o impacto, e sabia que tinha feito o certo. Com o duelo terminado, ela saiu do meio da pilha, deixando que o grifo recolhesse seu tesouro. Ele olhou para ela pela última vez, como um cumprimento, levando as moedas consigo para além do arbusto, entrando na floresta novamente. Rosa acenou para ele.

Tudo mudou rápido, com Púrpura vindo buscá-la e as sombras brilhando e se movendo em todo tipo de cores, muitas delas tons que nem mesmo Púrpura conhecia. Conforme caminhavam, Rosa sentia tudo mais leve e uma harmonia maior naquele lugar místico. Uma espécie de tranquilidade que afastava os perigos e que podia unir as pessoas com seus ancestrais, restaurando laços há muito perdidos.

O pântano estava iluminado quando voltaram e muitas luzes e espíritos que não estavam ali antes flutuavam e brincavam. O gato gigante parecia mais saudável e também se curvou para Rosa. Ela se curvou de volta, ainda sem ter certeza do significado daquilo.

— A feiticeira-sacerdotisa estava certa — ele elogiou Púrpura, que o cumprimentou também. A marca sumiu da testa de Rosa e a inscrição na testa da mensageira se tornou mais forte, com um aspecto imagético. — Guardiã, esses poderes que obteve e o que aprendeu aqui sempre estarão contigo. Cabe a você decidir para qual propósito irá usá-los.

— Você ganhou o direito de usar essa lança, Rosa. Ela é sua. — Rosa sorriu e girou a lança novamente, passando a carregá-la em uma das mãos.

Ela achava incrível como aquela arma parecia ter sido feita para ela e havia lhe servido bem no duelo e apreciou o quanto se sentiu poderosa ao usá-la.

— Você não queria ir para casa? — Púrpura sorriu e acompanhou Rosa como uma amiga faria, guiando-a no caminho de volta e mostrando os melhores lugares para pegar os materiais que eram a razão que a havia levado até ali.

Púrpura observou de longe, do alto das colinas verdejantes de verão, enquanto Rosa corria até em casa, abraçando seu pai preocupado, vendo a reação maravilhada dele quando a filha lhe mostrou a lança, e depois entregando os materiais e sentando ao lado dele no pequeno pátio. Ela ficou observando até fecharem a porta da casa.

Sempre que os espíritos precisassem, a guardiã do equilíbrio estaria ali.

Deságue

∞

Ao meu tio, obrigada pelas expedições.

Um povo navegante, talvez o mais desconhecido do remoto e antigo país perdido de Naveera. Não encontramos marcas de suas embarcações no fundo das águas selvagens e revoltas, tudo o que sabemos é que viviam ou ainda vivem naquele litoral, metade rochoso e metade coberto por relva verdejante, desde tempos imemoriais.

Tinham vários nomes, mas não se sabe por qual desses nomes se identificavam e se diferenciavam de outros habitantes das costas. Os primeiros habitantes, no entanto, os contadores de histórias, usavam o nome Oseaanis, que em sua antiga língua parecia significar algo como "aqueles que atravessam". Alguns eram navegantes, outros contavam histórias, outros pescavam.

Nyvar não realizava nenhuma dessas atividades. No tempo dele, muito havia mudado. Ali, naquela costa, onde o rio azul se junta com o mar verde e as montanhas começam a flanquear o mar, era onde ele vivia. Pescadores também viviam por lá, mas as águas rara vez aceitavam seus arpões. Por mais que tentassem, era difícil encontrar criaturas aquáticas por ali, a não ser quando acabavam largadas na areia dura.

Era por isso que Nyvar e outros jovens não pescavam, pois essa antiga arte não lhes havia sido ensinada. Os poucos que a recordavam não queriam passá-la adiante, pois de que serviria? Nyvar passava seus dias buscando cogumelos nas montanhas verdes, e gostava de passar as noites na beira da água, já que aquela praia ficava diferente nesse período. Quando o Grande Astro alcançava o firmamento, as águas se tornavam prateadas e recuavam alguns metros, e os olhos estreitos de Nyvar podiam quase ver algo transparente.

Naquelas noites sempre iguais, Nyvar caminhava pela areia, chutando-a enquanto andava, sem saber muito bem o que fazer. Algumas vezes ele tentava interagir com o mar, mas era difícil fazê-lo com as águas tão recuadas. Ele havia levado algumas semanas para esculpir um arpão feito de teixo e sentou-se em uma das pedras próximas à costa, terminando de esculpi-lo com seu facão. Se os anciões não queriam ensinar-lhe a pescar, ele próprio aprenderia sem a ajuda de ninguém.

Nyvar baixou o olhar para suas mãos, um pouco calejadas devido ao trabalho manual. Ele girou o arpão em suas mãos, observando que tinha por volta de um metro de comprimento. Ele se levantou, segurando-o em uma das mãos e caminhou pelas pedras até chegar em outro lado da longa praia, onde, pelo que diziam, os peixes eram mais frequentes.

Ele retesou seu corpo, erguendo o arpão diagonalmente acima de sua cabeça, seus longos braços facilitando o movimento. Seus olhos ficaram semicerrados enquanto ele decidia onde lançar o arpão. A realização lhe atingiu em cheio quando notou algumas bolhas se movendo próximo à superfície prateada. Aquela seria uma noite de caça, ao menos no que dependesse dele.

Nyvar atirou o arpão em direção às bolhas e não pôde acreditar no que viu quando a arma foi atirada para trás antes de encostar na superfície aquosa. Ele correu na direção do arpão, apanhando-o antes que escorregasse de algumas pedras molhadas. Ele tentou diversas vezes, e em todas elas o arpão não foi capaz de atingir a água. O arpão foi atirado para trás como se houvesse uma barreira sobre a água.

Por horas ele caminhou ao longo da praia, tentando atirar o arpão de diferentes ângulos e em diferentes posições, porém o resultado era sempre igual. Nyvar estava ficando frustrado. Ele agora caminhava mais apressado, chutando areia para todos os lados, sem compreender nada daquilo. Ele parou em uma das extremidades da praia, subindo nas pedras lisas que davam acesso ao mar abaixo.

Ele olhou para baixo, sendo surpreendido quando uma onda quebrou na pedra em que ele estava, encharcando-a, mas ele conseguiu se equilibrar apoiando um dos braços no rochedo atrás de si. Nyvar bufou. Era quase como se as águas estivessem caçoando dele. Já irritado, ele atirou o arpão mais uma vez, com toda a força, o mais longe que conseguiu. O arpão voou pelos ares em direção ao horizonte, iluminado pelo Grande Astro, e daquela vez algo diferente aconteceu.

Nyvar observou como o arpão tocou a água prateada por um ínfimo instante, para no momento seguinte ser jogado para trás com tanta força que voou direto na direção dele, acertando Nyvar na têmpora esquerda, perto de seu olho. Por instinto, ele desviou o olhar e abaixou a cabeça, massageando o local machucado. Ele se esticou para pegar o arpão que havia caído próximo de si e logo se virou para o horizonte ao ouvir as águas se movendo.

Naquela hora, o Grande Astro parecia prestes a se deitar conforme a madrugada terminava, logo dando início a mais um amanhecer. Foi naquele instante que ocorreu. As águas prateadas, alcançando um tom quase azul devido às mudanças no firmamento, refletindo a cor do céu, continuaram se movendo formando um redemoinho, que parecia cada vez maior conforme Nyvar observava em silêncio, sem nada entender.

O redemoinho ficava cada vez maior e parecia mais profundo conforme a água girava, e dentro de pouco tempo ele cresceu até formar uma coluna de água, muito mais alta que as montanhas verdes da costa. A água girou e girou, até que tomou uma forma que Nyvar não conhecia. O mar verde formou algo imenso, maior do que qualquer coisa que Nyvar já tivesse visto em sua curta vida. A coluna de água tinha agora a forma de uma serpente com olhos fugazes, que variavam entre azul e verde, as próprias cores do grande mar. Ela não tinha bem um corpo, na verdade ele era a própria água, pois a serpente era feita daquelas águas que continuavam girando sem parar.

As águas haviam formado o que parecia ser seu corpo escamoso, com barbatanas próximas de sua mandíbula cheia de dentes afiados, e bigodes de carpa perto das narinas, além de dois chifres no topo da cabeça. Ela não tinha nadadeiras, ao menos nenhuma que Nyvar conseguisse ver. A serpente se ergueu no redemoinho, rugindo de maneira que até as rochas tremeram. O rugido ensurdecedor pareceu lembrar Nyvar de que talvez ele não devesse estar ali. Ele queria descer do meio das rochas até a areia, mas ao notar como estavam encharcadas, teve medo de escorregar e ser engolido pelo mar, onde certamente se juntaria aos afogados.

Nyvar sentiu um arrepio na nuca e teve que se virar. Não havia dúvida que a serpente o olhava fixamente, já havendo notado sua diminuta presença. Com outro rugido poderoso, ela bateu sua cauda na água, formando um respingo que, por seu tamanho, se tornou uma onda, que encharcou Nyvar, de seus cabelos lisos até seus ossos. Parecia claro que a serpente não queria que ele fosse a lugar algum. Ele se agachou e cuspiu a água que entrou em sua boca, sentindo suas narinas arderem com a água salgada. Após uma crise de tosse, se ergueu e apoiou suas costas contra o rochedo, apoiando os braços também para ficar mais firme. Ele apertava o arpão em uma das mãos, mas não conseguiria atirá-lo naquele momento. Por fim, ele fitou a gigantesca criatura.

— Por que atirastes vossa fisga contra nós? — Sua voz era bem mais baixa que seu rugido. — Que é que vos fizemos, terrestre? As montanhas não vos satisfazem mais? — Sem esperar que Nyvar respondesse, a serpente se inclinou até que seus olhos feitos de água verde encontrassem os olhos negros dele.

— Eu quero saber porque não consigo atirar meu arpão na água. Há muitos anos meu povo não consegue pescar, mas quando chegamos neste litoral, era assim que sobrevivíamos. As montanhas não me satisfazem, porque na verdade somos navegantes — clamou, sentindo-se um pouco menos intimidado. As ondas continuavam quebrando nas pedras em que estava.

— Bhealách. — A serpente assentiu, parecia um pouco menos agressiva. — Chamai Kidari para mim.

— Não sei do que está falando. Os primeiros de nós se chamavam Oseaanis e eu me chamo Nyvar. Kidari, a contadora de histórias? Ela morreu há mais de duzentos e cinquenta anos, eu não a conheci.

— Então chamai Alyanna, da linhagem de Kidari.

— Alyanna Li desapareceu na Rocha ao Sul há alguns anos. Ninguém sabe o que lhe aconteceu, e todos acham que ela morreu.

A serpente deu um rugido baixo. Nyvar notou, com certo humor, que a serpente não parecia nem um pouco interessada em falar com ele. Em vez disso, pedia os nomes de pessoas de quem ninguém tinha notícias.

— Não. Se ela tivesse morrido, eu saberia,

pois estaria em meus domínios. Eu ensinei Bhealách a pescarem, eu vos garanti segurança enquanto navegavam.

— Quer dizer que quando morremos nós nos tornamos parte das águas?

— Bhealách... é assim que chamamos vossos antigos. Por muito tempo Bhealách usaram meus domínios, lhes dei o controle sobre as minhas correntes, mas agora não mais tenho minerais, e muita vida me foi tirada. — A serpente não respondeu à pergunta, para a frustração de Nyvar. — Nyvar-in, nos últimos anos perdi a ligação que costumava ter com meu irmão. Se eu saísse a procurá-lo, meu corpo cobriria essas terras.

Nyvar assentiu. De fato, se a serpente era o próprio mar, ela não podia levantar-se, senão afogaria toda aquela região. Por fim, ele parou de apertar o arpão com tanta força, enquanto processava o que a serpente havia dito.

— Você precisa da minha ajuda, não é mesmo? — Ele abaixou a cabeça por um momento. — Os Oseaanis não respeitaram o mar e abusaram do que lhes foi dado. Com as escamas dos peixes e os ossos das inúmeras criaturas aquáticas, construíram caminhos e cidades. — A serpente deu um rugido baixo, e Nyvar pensou que ela havia entendido. — Porém, nós, seus descendentes, não sabíamos desse desrespeito.

— Ide até onde o rio encontra o mar, e abre um caminho para que meu irmão possa encontrar-me. Caminhais pela costa e poderei vos proteger. — Nyvar olhou para além da serpente, e viu que o firmamento já havia clareado, e agora as águas antes prateadas adquiriam lentamente um tom entre verde e azul. A serpente olhou na mesma direção, e ele viu suas escamas feitas de água e seus olhos verdes brilharem sob o sol.

Ela voltou seu olhar a Nyvar e aproximou sua massiva cabeça, se inclinando à altura dele, o que espalhou água para todos os lados. — Pegai vossa fisga — pediu, falando baixo, e Nyvar consentiu. Com o arpão em uma das mãos, ele se surpreendeu quando a serpente fez um sinal com a cabeça. Ele deu alguns passos hesitantes em sua direção, terminando por subir na cabeça dela, perto dos chifres. Apesar de ser feita de água, de algum modo, a serpente tinha um corpo sólido.

Ele se segurou nos chifres quando ela levantou seu enorme corpo, indo até a beira daquele penhasco onde as ondas quebravam centenas de metros abaixo. Ela depositou Nyvar com delicadeza na beira do penhasco, a uma distância segura da beira.

— Segui esse caminho a partir do rochedo. Lembrai de caminhar pelo litoral. Que os bons ventos vos guiem. — A serpente apontou o caminho com sua cabeça, e Nyvar não conseguia enxergar muito ao longe, pois não havia nenhum caminho marcado. Ele teria que encontrá-lo sozinho. Ele seguiu em frente, após dizer à serpente que voltaria logo.

Nyvar passou por mais outro povoado em sua caminhada, e ficou surpreso ao ver que ali havia apenas casas de pedra ou de madeira. Após o segundo povoado, o caminho se tornou tortuoso e ele teve que se afastar da costa para continuar a segui-lo. Assim que o fez, entrou em uma mata com vegetação tão densa que era difícil enxergar o que havia à sua frente. Assim, passou a usar a ponta de seu arpão para cortá-la, assim podendo seguir.

Por um dia e uma noite Nyvar caminhou, comendo frutinhas vermelhas ou caçando pequenos animais. À noite, ele dormiu encolhido sob a sombra de uma árvore retorcida, junto à terra, seguindo o conselho da serpente.

Ao acordar poucas após o Grande Astro deitar-se, viu que havia um trajeto escavado na terra saindo de onde estivera deitado e seguia em frente, até desaparecer em outra parte da mata densa. O trajeto era uma espécie de túnel com sulcos na terra.

Poucas horas depois e com muitos galhos cortados ao longo do trajeto, Nyvar começou a ouvir o barulho de água corrente. Ele acelerou o passo e logo chegou a uma clareira por onde entrava a luz do sol e por onde um estreito rio fluía. Os sulcos cavados terminavam na margem do rio, e Nyvar surpreendeu-se ao ver que junto à grama havia uma pequena criatura com pelos cor de areia, parecido com um gato e com uma raposa, mas sem ser nenhum dos dois.

A criatura soltou um guincho de alegria ao ver Nyvar, e ele se abaixou, ficando próximo, e o bichinho ronronou quando Nyvar lhe fez carinho no topo da cabeça. Talvez aquele fosse um dos espíritos da terra, pois ele saltou para margem do rio acima de si e apontou com a cabeça para frente. Algumas tentativas depois, Nyvar compreendeu que ele apontava para uma grande barreira feita de folhagem e areia.

Nyvar pensou que aquela não seria uma tarefa simples. E tinha razão, pois teve que entrar na água para alcançar a barreira, acompanhado pela criatura cor de areia, que mesmo com seu tamanho diminuto puxava as folhagens com seus dentes afiados, e agora ela tinha as quatro patas dentro d'água.

Nyvar batia na barreira com a ponta do arpão e começou a dar pontapés. Foi então que os dois ouviram o que parecia ser um rugido monstruoso. Ao mesmo tempo em que a barreira se rompeu, uma quantidade imensa de água passou a fluir e ambos foram carregados correnteza abaixo pelas corredeiras do rio que aos poucos recuperava sua forma original.

Um turbilhão de água envolvia tudo que Nyvar conseguia ver. Ele usava o arpão como apoio para se manter na superfície e a criatura marrom agora se agarrava ao seu ombro. O rio os carregava por um vale verdejante numa velocidade altíssima, até que Nyvar passou a reconhecer as montanhas onde colhia cogumelos em suas andanças. Por fim terminaram onde ele mesmo havia começado: na mesma praia que levava ao grande oceano.

Nyvar viu uma luz brilhar quando as águas azuladas do rio tocaram as águas do mar. Nyvar pôde enfim levantar-se, pois o rio corria em seu curso normal, não mais em corredeiras.

Ele observou como a água do rio recuou e se reformou, de uma maneira parecida com a qual ele havia visto antes. Logo havia apenas rastros da água na areia, enquanto na frente deles estava um enorme quadrúpede listrado feito de água, com bigodes e olhos verdes fugazes, como o fundo de um rio. Ele rosnou, e então Nyvar percebeu que se tratava do mesmo barulho que havia escutado quando partiram a barreira.

O espírito do rio avançou com a agilidade e a graça que só um felino teria, e Nyvar deu vários passos para trás, querendo proteger-se, até que um barulho de água corrente atrás de si lhe lembrou que não deveria ter medo. A gigantesca serpente feita de água estava lá. O outro espírito parou de rosnar quando percebeu que a serpente estava na sua frente, e Nyvar viu os olhares dos dois se encontrarem.

— Minha irmã.

— Meu irmão — disseram com suas vozes poderosas.

Nyvar observou, atônito, os dois espíritos se levantarem e circundarem um ao outro, as águas encharcando o jovem e a criatura em seu ombro. Todas as águas correram para os corpos sólidos e ao mesmo tempo fugazes dos espíritos, houve um turbilhão de água maior que o anterior. No final do processo, onde estivera a junção entre o rio e o mar havia apenas terra seca, como se ali nunca tivesse havido água.

E ambos espíritos aquáticos agora haviam

se tornado um: um grande espírito quadrúpede, tendo uma forma física que parecia pesada, derramando água para todos os lados. De sua cabeça e ao longo de seu corpo desciam escamas que terminavam em uma longa de cauda de serpente, sempre acompanhadas pelo que seriam pelos se se tratasse de uma criatura terrestre. Os mesmos pelos se encontravam atrás de suas quatro patas e nas laterais de sua grande mandíbula, e da serpente também conservava os bigodes de carpa e os chifres no alto da cabeça.

Se Nyvar já havia se sentido intimidado pela serpente marinha e pelo tigre aquático, agora ele estava sem palavras ante a imponência daquele ser. Sem saber como agir, ele dobrou um dos joelhos, agachou-se na areia e se curvou, mantendo a mão esquerda fechada em punho sobre o ombro direito, enquanto mantinha a cabeça baixa, um cumprimento concedido aos membros mais honrosos de seu povo.

— Vós cumpristes o prometido e reparastes a dívida que Bhealách tinham conosco. — Nyvar continuou de cabeça baixa enquanto escutava, mas subiu o olhar ao espírito. — A vida nos foi devolvida. Vemos agora que nem todos os Bhealá-ch são traiçoeiros, assim como as águas.

— Temos mais em comum do que eu achava

à primeira vista — Nyvar respondeu em voz alta.

A criatura cor de areia, ainda encharcada, pulou do ombro de Nyvar e parou entre ele e o espírito aquático. Pensando que a criatura queria dizer alguma coisa, Nyvar se levantou, vendo como era pequena diante do grande espírito.

— O espírito da terra pensa que devemos fazer uma nova aliança. — O pequeno espírito guinchou animadamente, e Nyvar o achou adorável. — Nyvar-in, estaríeis disposto a proteger os seres marinhos e honrar a antiga promessa de vossos ancestrais, em troca de navegar em segurança e, se assim vos comportareis, um dia voltar a pescar com parcimônia?

— Nada me traria mais honra e orgulho. Ensinarei aos povoados como devem e não devem agir. As águas serão mais uma vez respeitadas, agora e para sempre. — O coração de Nyvar se encheu de alegria ao proferir aquelas palavras.

— Pois assim será — o Grande Espírito respondeu e se curvou a Nyvar e à criatura. Ele se separou, e tanto a serpente marinha como o tigre aquático abençoaram a praia e o jovem sobre a areia. — Temos um pacto com os Novos Oseaanis: Oseaanis-kali, os navegantes desta terra.

Nyvar se aproximou e encostou sua testa às dos três espíritos, em um cumprimento caloroso, abraçando-os. Havia muito trabalho pela frente, mas Nyvar sentia que um futuro brilhante aguardava os Oseaanis-kali.

O novo pacto não dependia da vontade dos deuses, e sim da força de vontade de um jovem disposto e altivo, com a ajuda dos espíritos que formavam parte de Naveera. Tal qual as correntes do grandioso Tempo, as águas voltariam a unir aquele povo navegante.

Entre Gelo e Fogo

∞

Normalmente as ondas quebram e se tornam espuma na beira da praia, e após quebrarem são puxadas de volta ao mar.

Mas não é isso que ocorria naquela praia de areias negras e pesadas, que contrastava com o gélido mar azul claro. Naquela praia em um litoral escondido e abandonado de Naveera, a espuma das ondas adquiria formas e lhes dava vida. Talvez fosse a vontade do mar, ou talvez fosse apenas o modo de ser daquele litoral escondido. Mas fato é que aquelas ondas tomavam formas de animais equinos na beira da praia. E mais de uma lenda dessa terra conta que foi assim que tais espécies se originaram em Naveera, porém apenas as correntes geladas guardam as verdades de tais segredos.

Esses animais eram os únicos habitantes daquela praia. Com suas cores variando entre cinza e preto azulado, corriam livres pela areia, suas longas e fartas crinas balançando ao vento gelado. Um deles, também nascido da espuma das ondas como seus irmãos e irmãs, tinha pelagem cinza e crina que brilhava azul como os blocos de gelo durante a noite.

No entanto, havia mais do que uma praia negra e gelo naquele local tão inóspito. De fato, tal lugar tinha essa característica devido ao vulcão também negro que ficava nas proximidades. Suas explosões não eram tão frequentes, mas às vezes seu topo brilhava como uma fogueira em noites sem vento.

Quanto ao principal equino na praia, como os demais, alimentava-se de algas marinhas ou do que quer que as ondas lhes trouxessem. Em seus dias corria na areia preta, e diferente dos outros, era ele quem comunicava-se com o mar sobre o que recebiam dele. Se se tratasse de uma sociedade humana, muitos diriam que era uma espécie de líder, o que cuidava dos outros sem pensar em si mesmo. Porém tal qualidade ficou provada de uma vez por todas no dia em que tudo mudou.

Eles não contavam os dias nem tinham qualquer modo de marcar a passagem do tempo, mas digamos que após um período bastante longo, o equino corria pela areia negra, um pouco separado do bando, quando encontrou uma criatura muito diferente de si, que nunca havia visto — quadrúpede como ele, porém maior em tamanho e com partes de seu pelo de cores diferentes, orelhas redondas e uma cauda mais longa e escura, porém ao mesmo tempo fina. A criatura abriu a boca e emitiu um som ensurdecedor, logo o equino viu que a certa distância da criatura estavam outras parecidas com ele. Assim como os outros cavalos andavam atrás de si.

E diferente deles, tais criaturas tinham pelos amarelos ou cor de laranja. Havia uma fumaça característica bem longe dos dois grupos — olhando a distância, parecia vir do vulcão. Naquele momento, o equino soube que haveria apenas uma coisa que poderia fazer. Por isso, correu em direção à estranha criatura, pegando-a de surpresa ao acertá-la em seu flanco.

Após o susto inicial, a criatura se recuperou com certa rapidez e bateu de volta no equino, que sentiu algo quente em seu corpo. Ao olhar para baixo, viu que o pelo de seu oponente queimava como as chamas do vulcão, e agora alguns de seus próprios pelos estavam chamuscados.

O fogo, que tudo destrói, não fez diferente com o corpo do cavalo. Conforme ele e a criatura se digladiavam, seus pelos queimavam. O dele com as chamas, e o dela porque era feito de fogo. Os grupos que assistiam à luta estavam inquietos conforme a batalha avançava, bufando ou rosnando, mas não se atacavam.

O cavalo não se rendeu. Acertava seu oponente com força, às vezes jogando-o alguns metros para trás, mas seu corpo queimava cada vez mais conforme o fazia. E assim seguiram, até que por fim o cavalo caiu desfalecido, sua pelagem cinza derretendo na areia preta como verdadeiro gelo. E embora estivessem todos na beira do mar, o corpo dele não se desfez em espuma das ondas, voltando para onde sua vida havia começado.

Em vez disso, assim que seu corpo cinza derreteu, seu oponente parou de atacá-lo. Dando alguns passos para trás, começou a olhar o gelo derretido com uma expressão que poderia ser de curiosidade ou encanto. Seus iguais também pararam de rosnar, enquanto os outros cavalos ainda continuavam bufando.

Ante o olhar atento do líder de fogo, o gelo derretido se moveu e formou o cavalo cinza novamente, mas agora ele tinha a cor do próprio gelo em vez do pelo cinza. E ao mesmo tempo, um barulho mais alto que as ondas fez com que todos olhassem para o mar azul.

— Vocês, galantes criaturas, lutaram por território e os cavalos perderam — disse uma voz profunda, vinda do mar. O mar formou uma espécie de redemoinho, mas nada saiu de dentro dele. — Este cavalo cinza não se desfez em espuma das ondas, voltando a ser parte do que lhe deu vida, conforme acontece no final do ciclo. Não, pois ouçam-me com atenção: este ciclo termina e começa de outra maneira.

— Há algo que fizemos de errado, venerável serpente? — perguntou o outro líder, agora parecendo tão pequeno em sua humildade ao baixar a cabeça cheia de pelos incandescentes. — Não era assim que devia passar?

— Vocês, cavalos da espuma marinha, e vocês, que vieram do vulcão, prevalecerão como se fossem um único povo. — O redemoinho se agitou ainda mais. — Pois por meio de seu sacrifício, o cavalo cinza passará a proteger esta praia vulcânica. — O cavalo havia assumido uma forma levemente etérea, e agora sua crina se parecia com gelo. — Os ciclos da existência continuarão, e hei de conviver na terra quente e gelada, como fogo e gelo.

O novo-cavalo e a criatura de fogo olharam-se e curvaram-se um para o outro, enquanto os demais seguiram seu exemplo.

— Conforme os espíritos testemunharam, nossas essências desvanecem com pureza — disseram um para o outro em uníssono.

Por fim, o redemoinho parou de girar aos poucos, até que o mar ficou calmo novamente, e a voz sumiu. O novo cavalo e sua contraparte viraram-se, cada um em seu território, que agora também era o mesmo território.

O cavalo se tornou o protetor daquela praia naveeriana esquecida, conforme o mar havia comandado.

O Espelho d'Água

∞

Seele não era uma foca comum. Não, não — embora se parecesse com outras focas que viviam entre o mar e a terra, com a pele branca ou manchada, ela tinha uma predileção especial pelas margens das águas. Ela ficava mais tempo que as outras descansando nas praias arenosas e até mesmo tomando sol, enquanto suas companheiras preferiam apenas nadar e caçar. Seele queria algo além disso.

Bem... como podemos dizê-lo? Foi daquela maneira que aconteceu, em um lago de Naveera. Um lago? Pois sim, Seele havia nadado desde o mar até a desembocadura de um rio, e seguiu correnteza abaixo por diversos dias, ou talvez por semanas, até chegar à nascente do rio e se afastou, pulando para a terra, arrastando seu corpo desajeitado de criatura marinha até um lago de água doce, onde se atirou, nadando com maestria, aliviada por estar na água novamente.

Uma jovem ruiva, com os belos cabelos trançados, caminhava por uma floresta com árvores frondosas, sem saber ao certo por onde ia. Para ela, qualquer caminho poderia ser o certo. A longa capa branca que fazia parte de sua vestimenta arrastava-se no chão coberto de folhas secas conforme andava. Com a passagem das horas, o ar ia ficando mais frio, e ela percebeu isso ao cruzar os braços, tentando aquecer-se com o calor de seu corpo.

O dia terminava e a noite se aproximava, e assim uma névoa brilhante tomou conta das árvores, dificultando a visão do caminho que ela seguia, ou pensava seguir. Ela continuou andando em frente, entrando no meio da neblina, sem olhar para trás, e após algum tempo terminou a caminhada na beira de um lago escuro.

A foca nadava no fundo do rio, conseguindo localizar-se nas águas turvas e cheias de algas. Ela dava piruetas embaixo d'água e por vezes comia alguns peixes, sem estranhar a falta de predadores naquele novo ambiente. Pelo que podia ver, não havia nenhum, e aquele podia ser seu reino. Um reino livre de predadores! Não seria aquilo um sonho para uma criatura aquática, sempre perseguida por baleias e tubarões?

Bem, talvez aquilo fosse a realidade. Ou pelo menos foi o que pareceu à garota ruiva, que fitou a água escura, sem nada ver em seus mistérios. De fato, algo parecia se mexer no fundo do lago, pois muitas bolhas borbulhavam na superfície, ao menos de onde ela conseguia ver.

Ela apoiou as mãos nos joelhos cobertos pela vestimenta branca e se inclinou o máximo que conseguia na beira do lago, estreitando os olhos por trás das lentes dos óculos brancos, tentando enxergar o que causava as bolhas. Uma silhueta que parecia de um peixe pulou para fora da água, e ela viu outra criatura pulando atrás dele, tentando apanhá-lo, mas a noite escura não lhe permitiu ver do que se tratava.

Como se alguém lhe ouvisse, uma nuvem descobriu a lua cheia, que forneceu a iluminação necessária — as duas criaturas talvez tivessem voltado para o fundo do lago, mas logo as bolhas surgiram novamente, cada vez mais perto. Alguma coisa se aproximava da beira do lago!

Uma foca colocou a cabeça para fora do espelho d'água, que agora não refletia mais o céu. A jovem de cabelos ruivos fitou a criatura com certa curiosidade e se surpreendeu quando aqueles olhos negros a fitaram de volta, sustentando seu olhar. E foi então que muitas coisas ocorreram ao mesmo tempo.

Ao olhar a foca, a garota soube, quase de modo instantâneo, que aquilo que procurava há tanto tempo, e que até o momento não sabia o que era, estava ali, à sua frente. E para a foca, nada havia de estranho. Era claro que ela estava olhando para si mesma, em forma humana.

Uma emoção indescritível tomou conta do coração da garota. Ela quis chorar, quis apelar para os deuses, ou até gritar, mas foi incapaz de emitir um som sequer. Era o que ela sentia: ela olhava para si mesma, para seu reflexo. Olhando para dentro de si, agora sabia que aquela era sua forma verdadeira.

Ainda sobrecarregada por intensa emoção, a jovem se ajoelhou e esticou um dos braços em direção à foca e à água, e o animal correspondeu: nadou alguns metros até ela e encostou seu focinho na mão estendida dela. Um único pensamento tomou conta das duas: que as focas representam a conexão entre os dois mundos — o reino dos vivos e o reino dos mortos, assim como vive na terra e na água. Assim que aquele pensamento lhes ocorreu, souberam que era uma Verdade inegável.

As duas se uniram, uma selkie — uma foca capaz de transformar-se em humana — em sua forma verdadeira, de foca, com algumas manchas ao redor dos olhos negros. A foca mergulhou no lago, não mais interessada em fazer acrobacias. Agora ela se dirigia ao fundo do lago, onde um portal brilhante estava aberto.

Onde o portal a levou, ela não conseguiu

definir de maneira exata, mas sabia que estava no Grande Mar, e por lá nadaria. Afinal, não era todo dia que uma selkie encontrava suas duas metades.

O Grande Vento ou Quando Naveera se Partiu

∞

Muito se fala sobre os mares, os rios e as montanhas em Naveera e em tantos locais, mas o que se diz sobre os ventos, sobre a imensidão celeste? Com o passar dos inumeráveis éons, os céus vão ficando esquecidos, como ocorre com nossa história.

As pessoas comuns de Naveera diriam que ele se parecia com um gato, embora ele tivesse uma cauda longa e bifurcada — em verdade, duas caudas. Não era grande como um leão, mas era maior que um gato doméstico. Talvez nunca tenhamos certeza de seu verdadeiro tamanho, pois raramente deixava seus domínios.

Era um ser solitário, que vivia entre florestas tropicais com áreas rochosas e florestas de vegetação seca. Às vezes, subia às montanhas e em outras estações preferia ficar próximo ao solo. Naquele dia, ele estava caminhando de um local a outro quando um barulho a distância fez suas orelhas se contraírem na direção do som.

Seus olhos felinos enxergavam bem ao longe. Lá, ao longe, uma massa disforme se remexia nos céus. Ele continuou caminhando e enquanto chegava à floresta seca, foi encontrando grandes bandos seguindo o mesmo caminho. No início, havia apenas alguns grupos. Estranhou aquilo, pois não costumava ver outros seres em suas andanças.

Conforme caminhava, no entanto, mais e mais bandos se juntavam a ele. Alguns guinchavam, outros gritavam ou rugiam, e os maiores quase o atropelavam quando passavam com muita pressa. Ele olhou para trás, mas não viu fumaça, nem sentiu calor. Não havia incêndio que colocasse todos em marcha. Não podia saber o motivo daquela fuga tão apressada, porém percebeu que todos seguiam o mesmo caminho que ele.

Então ele seguiu. A massa disforme nos céus ficava cada vez maior conforme se aproximavam, e ele passou a correr para acompanhar os bandos. Correram e chegaram à floresta seca. Diferente do que fazia sempre, em vez de procurar abrigo, ele subiu em uma pedra alta para ter uma boa visão do local. De lá, conseguiu ver que os bandos se reuniam todos em uma clareira, como se esperassem por alguma coisa.

Ao mesmo tempo em que ele começou a descer da pedra para chegar à clareira — que, é claro, era mais longe do que pareceria para um observador — os céus foram encobertos por massas escuras, e logo a água molhou seus pelos dourados.

Quando chegou à clareira, seus pelos estavam encharcados, mas a água permitia que visse bem o que estava à sua frente. Tantos seres continuavam reunidos na clareira que bloqueavam algo que ele só viu ao se aproximar e se juntar a eles, buscando um lugar no meio de tantas criaturas distintas.

Os bandos e manadas estavam reunidos ao redor de uma grande estrutura que se esticava em direção aos céus, tão alto que não se conseguia ver onde terminava. Alguns olhavam para cima, seus olhos acompanhando a estrutura, outros a rodeavam, enquanto aquele de pelos dourados se aproximou ainda mais.

Continuava chovendo, e agora ele podia ver que a massa disforme nos céus, aquela mesma que ele havia visto ao longe, estava acima da tal estrutura. A chuva aumentou e os relâmpagos trouxeram a tempestade que antes se avizinhava. As criaturas reunidas pareceram entender que a massa disforme não passava de nuvens escuras que prenunciavam a tempestade.

Ele fez o mesmo que algumas das criaturas: ficou o mais próximo possível da grande estrutura e conseguiu furá-la com suas garras dianteiras, da cor da prata e feitas de metal. Ele se içou para cima sem dificuldades, pois suas poderosas garras e pernas musculosas davam a base que ele precisava para se manter preso, enquanto via outros caindo ou escorregando.

Não tinha dúvidas sobre o que estava fazendo. A subida às vezes era mais complicada, mas não havia impedimento algum. Conforme escalava, notou que as correntes de vento ficavam mais fortes, e ao chegar ao alto, os que estavam no chão ficavam cada vez menores e ele logo começou a ver algumas nuvens ao seu redor. Ele não sabia a qual altura estava, nem se preocupava com aquilo.

Conforme ele subia, via mais nuvens ao redor da estrutura e cada vez menos dos que estavam no chão. Na verdade, a subida havia sido tão longa que quando chegou ao topo, não conseguia mais distinguir todos que estavam lá embaixo. O topo da estrutura era pontudo e parecia haver algo esculpido.

Porém, não se importou com a inscrição. Olhando em volta, era como se estivesse flutuando nos céus. Ali, ao redor da estrutura pela qual havia subido, havia uma espécie de caminho feito de plataformas. Era longo, parecia dar voltas em si mesmo e ele não conseguia ver até onde levava. Ali, no topo da estrutura, ele ainda conseguia ouvir o estrondo da tempestade.

Ficou mais encharcado do que já estava, pois mesmo naquelas alturas continuava chovendo, embora os raios não caíssem por ali. O gato dourado tirou suas garras da estrutura pela qual havia subido — observando que as marcas delas desapareceram assim que o fez — e saltou para a frente, caindo na primeira plataforma daquela estranha estrada.

Como não houvesse outro lugar para ir, ele seguiu em frente, às vezes caminhando quando as plataformas se juntavam ou saltando de uma para a próxima. Ao longe, ele via outros que pareciam seguir o mesmo caminho. Alguns, porém, caíam das plataformas e ele não voltava a vê-los.

Conforme ele e outros seguiam em frente, podiam ver outras estruturas no que parecia ser o fim do caminho. De fato, as nuvens as encobriam um pouco, mas não havia dúvidas que era um tipo de construção. Se um naveeriano estivesse ali, talvez dissesse que se tratava de um castelo. O gato dourado esticava seu grande corpo e estreitava os olhos, mas não conseguia enxergar detalhes da tal construção.

Ele ouvia os estrondos da tempestade abaixo deles, cada vez mais altos quanto mais próximos chegavam. Foi então que o caminho ficou mais estreito, de maneira que o gato dourado e os outros que viajavam no mesmo local chegaram às mesmas plataformas. Embora ele seguisse só, virou suas orelhas pontudas, atento aos sons que chegavam dos demais.

— Temos que acabar com a tormenta que aflige todos os céus, foi o que disseram... — disse uma voz atrás dele.

— Se não o fizermos, este mundo que

conhecemos não terá um futuro. — Concordou uma voz mais fina, perto da primeira voz.

O gato dourado não se interessou em virar--se para ver aqueles que estavam conversando, porém ele sabia que aquelas informações lhe seriam úteis.

Por fim, aproximaram-se e todos pararam na frente do suposto castelo, observando-o em toda sua magnitude. A tal construção tinha inúmeras torres e torrinhas que se conectavam à parte principal por meio de passarelas. Era branca, com torres douradas, não muito diferente das cores do gato de metal. Ele foi um dos primeiros a seguir em direção à construção, passando por uma espécie de ponte que conectava a plataforma final onde estavam à entrada.

Os demais seguiram logo atrás dele. Ele viu como alguns se surpreenderam ao ver que havia estátuas de criaturas que nunca haviam visto flanqueando os lados do castelo. Algumas estátuas tinham asas e expressões pavorosas em rostos desfigurados, enquanto outras se pareciam com cachorros ferozes, porém com uma certa beleza que não podia ser definida.

Como é de se esperar em tais situações, as estátuas não se moveram quando passaram. Entretanto, aquelas com expressões assustadoras se mexeram em seus lugares e conversavam com alguém que devia ser um naveeriano vestindo cota de malha. O naveeriano se virou conforme viu o grupo chegando, os observou, porém não se dirigiu a eles.

— Nem todos sobreviverão à jornada no castelo. Este é um lugar muito perigoso — ele falou para a estátua com quem conversava, talvez se referindo a eles como se não estivessem ali. Sem dar atenção ao naveeriano, nosso protagonista conseguiu entrar no castelo junto com outras criaturas, embora viajasse sozinho. Ele sentiu seu olhar analisando seus movimentos graciosos conforme adentrava os portões abertos.

Por dentro, o castelo parecia mais um labirinto do que a residência de algum soberano. Não havia ar lá dentro e as primeiras salas mudavam e se convertiam em mais e mais salas. Algumas tinham paredes e pisos de madeira, outras de palha e algumas de pedra cinza. Algumas dessas salas tinham mobília, como cômodos de uma casa, porém outras tinham armadilhas ou mesmo criaturas ainda mais pavorosas do que aquelas estátuas do início.

O gato de metal não deixava que tais criaturas o atacassem. Não, ele era sempre o primeiro a desferir um golpe, muitas vezes antes dos outros — que, para ele, não passavam de meros espectadores. Assim que eram atacadas, tais criaturas perdiam o interesse nele, mas não nos demais.

Era como um jogo mortal. Ao avançarem nas partes confusas do castelo, o grupo ficava cada vez menor conforme outras criaturas que os acompanhavam eram derrotadas ou mortas. Aqueles que morriam ficavam lá e o grupo seguia, juntos, porém poucos ajudavam uns aos outros. O gato de metal agia de maneira quase automática: atacava com suas garras douradas, defendia, se esquivava. De fato, tratava-se de um local muito perigoso.

Algumas salas do castelo ainda tinham janelas enormes, pelas quais era possível ver a tempestade. O gato de metal notou aquilo, e ele e os demais só puderam concluir que estavam no meio da tempestade. O vento, que traz as notícias e por onde as criaturas eternas viajam, estava ali sempre presente — mesmo pelas janelas era possível ver sua força pela maneira em que tudo ao redor do castelo se movimentava com rapidez.

Alguém que visse aquela jornada diria que era curioso não ficarem presos em uma das extremidades do suposto labirinto. Não importa em qual sala estivessem, sempre havia uma saída. E assim continuaram, com a tempestade fazendo tamanho estrondo do lado de fora. O tempo não era medido ali dentro, não podiam senti-lo, mas mesmo assim passava. E aos poucos o grupo foi percebendo que seus adversários diminuíam em número.

Em uma sala com dez adversários, nas próximas havia oito, depois sete, cinco, e assim por diante, até que ficou mais fácil defenderem-se e livrarem-se deles. Prosseguiram até chegar a uma sala com dois seres que os atacaram. Aquela sala era diferente das outras pois além de uma janela, havia uma abertura, algo parecido com uma sacada.

Por ser o único caminho disponível, passaram pelas portas de vidro abertas e se depararam com o vazio, onde não havia mais a tempestade. Contemplavam apenas a vista do céu e do sol quente sob as nuvens. A sacada não lhes dava acesso a nada, apenas ao vazio. Era muito fácil cair dali, e foi o que ocorreu com algumas criaturas do grupo — despencaram do castelo, sumindo entre as nuvens. Além dele, nosso protagonista, havia mais alguns seres que caminhavam juntos.

O gato de metal mantinha uma distância segura da borda, um pouco perdido com aquela vista tão pacífica. Sua cauda bifurcada balançou, como se percebesse um movimento, e seus pelos se eriçaram. Ao mesmo tempo, uma passarela se formou de um dos lados da sacada, onde momentos atrás não havia nada.

— Por fim, a tormenta acabou! Olhem os céus vazios! Olhem o sol flamejante! — gritou uma grande criatura marrom que ficou de pé, dirigindo-se a todos. Eles se voltaram a ela, prestando atenção. Outros começaram a comentar entre si, algumas vozes em um crescendo, dizendo que não aguentavam mais aquele pesadelo.

Um a um, foram saindo pela nova passarela, sumindo de vista entre algumas nuvens, mas o gato de metal não os seguiu. Não. Ainda com as garras estendidas, ele se sentou ereto, como uma estátua, enquanto todos deixavam o castelo. Sua cauda ainda balançava no ar e suas orelhas se moviam para todos os lados, captando sons ao longe.

Bem, o que lhe aconteceu? Ele ficou sentado lá, observando o sol avançando sobre sua pelagem, deixando-a ainda mais dourada e fazendo as partes douradas do castelo reluzirem na claridade. Ficou ali, tomando sol, até que as nuvens e o sol se moveram para o oeste. Aqueles sons que ouvira ao longe ficaram mais próximos aos poucos, até que um farfalhar se fez presente.

Ele não sabia o que ia acontecer, mas, ao mesmo tempo, era como se soubesse. Aquilo não poderia ser explicado pela lógica comum. O farfalhar ficou cada vez mais alto, parecido com o som de folhas movidas por lufadas de ar, até que algo imenso surgiu. A maior criatura que já havia visto batia quatro enormes asas na sua frente, descendo aos poucos até ficar no seu nível de visão, porém sem pousar nem ficar em silêncio total.

O único modo possível de descrever aquela criatura era compará-la com o tamanho do firmamento, e mesmo assim poderia não ser suficiente. Porém, não ofuscava o sol atrás de si. Duas de suas asas tinham penas brancas e se pareciam com aquelas asas das criaturas eternas que viajam pelos ventos. Já as outras duas asas tinham escamas azul-escuras como o mar noturno ou como as dos dragões, ou daqueles que rastejavam sob a terra marrom.

O resto de seu corpo também se parecia ora com uma grande ave, ora como um dragão, branco e azul, e ao mesmo tempo não era uma coisa nem outra. E ostentava uma expressão calma, serena. Batia as asas, olhando para o gato de metal.

— Vocês baniram a tormenta que afligia os céus e agora posso controlar os ventos novamente.

— O vento que traz as notícias e por onde as criaturas eternas viajam? — O gato de metal falou pela primeira vez, e sua voz não era tão profunda como a da ave-dragão. — O mesmo vento que agita as águas do mar e dos rios?

— De fato. Obrigado, espírito do metal. A coragem e firmeza trazidas pelo seu elemento foram fundamentais nesta curta jornada. Graças aos esforços de todos vocês, poderei guardar e proteger a Grande Naveera.

O espírito-gato de metal assentiu, aproximando-se tanto da ave-dragão quanto era possível. E ela soltou uma espécie de guincho, e seu imenso corpo começou a brilhar enquanto batia as quatro asas ao mesmo tempo, alinhando as energias do norte, sul, leste e oeste.

— Por fim o espírito do vento e das correntes de ar fica ao lado do espírito de metal — disse o gato dourado e se deitou perto da ave-dragão. Seu brilho aumentou, e um Grande Vento tomou conta de tudo.

Em montanhas perpétuas de outono, em tons de vermelho e laranja, o dia morria e dava lugar a algumas poucas estrelas. Maya dos Tólsotíl, deitada na grama com Sanaa, sentiu um vento suave agitando a vegetação, e logo atingindo os rostos das irmãs. A Raposa vermelha que as acompanhava pareceu sentir algo e regougou, olhando em direção ao céu.

Em outro mundo, que ainda era parte de Naveera, mas apenas conhecido por quem já havia partido desta vida, o espírito de uma onça-pintada brilhava na floresta escura. Ela caminhava com serenidade, ostentando o lampião em sua boca e, em silêncio, guiava os mortos que não sabiam aonde ir. As manchas de sua pelagem brilhavam, guiando os perdidos que a seguiam. Seus ombros se mexeram e ela levantou sua grande cabeça e seus dentes apertaram a alça do lampião com mais força, quando um vento suave lhe afagou os pelos e subiu. Ela seguiu o movimento do vento com os olhos e sentiu muita paz.

Rosa estava sentada no pátio da casa em que morava com seu pai na cidade mediterrânea. Não estavam vendendo flores, embora ainda fosse de tarde. Seu pai limpava a lança incrustada de cristais com cuidado quando ele chamou seu nome. Rosa olhou para ele ao mesmo tempo que um vento bagunçou seus cabelos e fez com que os cristais brilhassem com sua luz verde.

Era de manhã bem cedo na terra de um povo navegante que havia chegado a Naveera em tempos imemoriais. Nyvar-in estava trabalhando na beira da água, puxando uma rede de pesca com objetos que haviam sido trazidos pelas ondas. O pequeno espírito da terra que o acompanhava deu uma cabeçada na altura do seu joelho, guinchando para chamar sua atenção. O jovem sentiu o mesmo que ele, os ventos estavam mudando para sempre por ali, e seria algo bom.

Em uma praia longínqua e muito mais gelada, notável por sua areia preta e vulcão incandescente, um cavalo cinza e etéreo viu o vento movimentar o mar. Perto dali, a criatura de fogo, vinda do vulcão, também o sentiu e rugiu, e o cavalo encostou seus cascos na água, mas não sentiu nada. Eles sabiam que a partir daquele momento estariam protegidos. Ninguém mais poderia chegar até eles. A praia de diamante ficaria escondida.

Apesar do nome, não havia apenas água no Grande Mar. A selkie descansava sentada sobre uma das poucas pedras ao redor, e tinha a pele de foca sobre seu colo. Seus cabelos ruivos haviam sido presos às pressas em uma trança desajeitada, pois ela não havia se transformado há muito tempo. Ela respirou fundo, e quando ia soltar o ar, um vento forte a avisou que não deveria se preocupar com mais nada. Ela sorriu, preparando-se para mergulhar.

Com o Grande Vento, Naveera ficaria protegida de universos exteriores até o fim dos tempos, ou até quando necessário. Eles ainda não estavam prontos para tudo que Naveera tinha e, se deixada em suas mãos, seu destino seria incerto.

Não sabemos, afinal estamos apenas contando algo como ouvimos, não estávamos lá com os espíritos da natureza. Se você descobrir, conte-me, e continuarei esta história.

Fim

Sobre a Autora

Mari Trevisan é paulistana, tem 27 anos e há alguns anos sua criatividade aflora por meio da escrita de fantasia. Cursa Letras-Alemão na Universidade de São Paulo e cada vez mais busca aprender sobre culturas e idiomas diferentes. Ao explorar o mundo, as culturas com as quais entra em contato a ajudam a criar novas histórias e a trazer novos significados para seus escritos.